文字學入門

適合中文系師生、國學愛好者及研究者參考

胡樸安 著

五南圖書出版公司 印行

序

我這一本《文字學》，上篇是在持志大學講授過一次，現在加了一遍修改。大概從文字的源起，說到文字的變遷。雖不見得十二分詳細，而甲文、古文、篆文、隸書等，幾個重要的問題，皆有相當的說明。中篇是在國民大學講授過二次，又在上海大學、群治大學各講授過一次，又加了一遍修改；在持志大學講授過一次，現在又加了一遍修改。大概關於六書的條例，皆有淺顯的說明。下篇是研究文字學的書目。大概將目睹的書，略記其內容與版本，並稍加批評，便研究文字學的人有一個門徑。

我這本《文字學》，並無新奇可喜的議論，但自信可爲研究文字者入門的書。

民國十八年二月五日涇縣胡樸安記

目錄

中編　六書條例

下編　研究書目

上編　文字源流

第一章　文字通論

一、文字原始

文字是替代言語的符號，因文字的創造，是由言語而來；但是未創造文字以前，替代言語的符號，已有畫卦和結繩兩種。

許叔重敘《說文解字》說：「古者庖犧氏之王天下也，仰則觀象於天，俯則觀法於地；視鳥獸之文與地之宜；近取諸身，遠取諸物；於是始作《易》八卦，以垂憲象。及神農氏結繩爲治，而統其事，庶業其繁，飾僞萌生；黃帝之史官倉頡，見鳥獸蹏迒之跡，知分理之可相別異也；初造書契，百工以乂，萬品以察。」可見未創造文字以前，已有畫卦、結繩的符號了。據許叔重的這一段話看來，大概庖犧時是畫卦；神農時是結繩；黃帝時初造文字。這種考證，根據《易經．繫辭》的，是比較可信。

但是黃帝的史官倉頡，雖能創造文字；而同時造文字的人，必不止倉頡一個。衛恆《四體書勢》說：「昔在黃帝，創制造物；有沮誦、倉頡者，始作書契。」可見黃帝時作書契者，已經有沮誦、倉頡兩個人了。其實文字在未整理以前，是極混雜的；創制的，絕不是一兩個所謂聖人。由簡而繁，由分歧而統一，實是自然的趨勢，不過溯源其始，大概在於黃帝時代罷了。

二、文字稱謂

怎麼叫做「文」？《說文》：「『文』錯畫也，象交文。」《考工記》：「青與赤謂之『文』。」《易經．繫辭》：「物相雜故曰『文』。」都是交錯的意義。因物不交遣，必不能成文，文之形爲文，即是交錯的形象。「文」的定義，便是許叔重所講的「依類象形謂之『文』」。也即鄭漁仲所講的「獨體爲『文』」。

怎麼叫做「字」？《說文》：「『字』乳也，從子在宀下。」「字」本乳字的解說；引申爲撫字的解說；也引申爲文字的解說。所以引申爲文字的解說的緣故，便是合二文三文以至多數文而成一字，由孳乳而浸多的意義。「字」的定義，即是許叔重所講的「形聲相益謂之『字』」。也即是鄭漁仲所講的「合體爲『字』」。

「文」「字」的名稱，很不統一，古時文字統稱爲「名」，如《儀禮》：「百『名』以上書於策，不及百『名』書於方。」或統稱爲「文」，如《禮記．中庸》：「書同『文』。」漢時稱「字」，或「文字」並稱，或亦單稱「文」，觀《說文解字》一書可知。自《字林》名書以後，「字」便成爲專稱了。

三、文字功用

文字是隨著智識而產生；亦隨著智識而進步。文字的功用，大概可分爲三種：

（一）記錄事物：古代的事物，能夠見於今；今日的事物，能夠垂於後；這便是歷史的萌芽。

（二）抒寫情感：由喜怒哀樂的情感，發爲笑號悲歡的聲音；本自然的聲音，成爲有意識的聲音，叫做語言；本語言的聲音，成爲有形跡的符號，叫做文字；有文字以記錄情感，然後人與人的感情始通；這便是文藝的萌芽。

（三）記述思想：由過去的觀念，而產生未來的思想；由經驗產生歸納、演繹、類推的思想；將這種思想，用文字記述，便是一切學術的萌芽。

這三點功用上看來，文字的發明，可以說是一切文化的原始了。

四、形音義的變遷

文字是合形、音、義三個要素組成的；我們識字是從形辨音，從音析義；古人制字卻是從音定義，從義定形，現在分別敘述它的變遷於下：

（一）形：形的變遷，計有兩種：1. 普通的：例如從古文變爲篆文；從篆文變爲隸書；從隸書變爲草書和眞書；這是人人都知道的。2.特別的：又可分爲兩類：(1)古時沒有，後人逐漸增加的：此種增加的文字，學者都以爲俗字；其實是文字發達自然的變遷。例如古時「夫」、「容」二字，現在寫做「芙」、「蓉」；古時「昆」、「侖」二字，現在寫做「崑」、「崙」。這「芙」、「蓉」、「崑」、「崙」四字，實在不可叫做俗字；只因古時字少，往往假借用字；到後來當然加「艸」加「山」，以爲分別。此種增加，不僅後起的文字如是；頌敦上的「祿」字，父辛爵上的「福」字，都是無示旁，作「彔」作「畐」，這便是前例。(2)古時所用，後人已廢棄的：例如用「深」字替代「突」；「突」字廢棄了，連「深」字的意義也廢棄了。用「率」字替代「逹」；「逹」字廢棄了，連「率」字的意義也廢棄了。這種因假借而廢棄的文字，極多，此處不必多講。總括起來，這1.、2.兩種關於文字形的變遷，大可以供我們研究。

（二）音：音的變遷，大概可分五個時期：1.三代；2.漢、魏、六朝；3.隋、唐、宋；4.元、明、清；5.現代。再概括去分，隋唐以前叫做古音；隋唐以後，叫做今音。換句話講：沒有韻書以前叫做古音；有了韻書以後；叫做今音。《切韻》一書，是隋朝陸法言編的，即今日《廣韻》藍本，所以古今音的分界，以隋唐爲界。

普通人每言讀書用古音，説話用今音；其實適相反對，例如「庚」字我鄉讀書作「根」，説話作「岡」。「蚊」字讀書作「文」，説話作「門」。「岡」、「門」是古音；「根」、「文」是今音。這是因讀書照韻書；説話卻沿著古音，沒有變更。大概南方的言語，沒有變更的尚多；所以我們要研究文字的音，不僅根據歷代的韻書；研究現代的言語，是最重要的。

（三）義：義的變遷，也有兩種：1.歷史的：例如六經字義、周秦諸子字義、漢人詁經字義、宋人詁經字義、元人詞曲小說字義。2.本身的：便是中國文字假借的作用。中國文字，很少一個字一個意義的。多的一個字，有十幾個意義；少的一個字，也有兩三個意義。有用本義的；有用借義的；有用展轉相借的；有用沿古誤用的；我們研究文字的義，關於本有其字而假借的，當知本字與借字的分別。關於本無其字而假借的，當知借義爲本義的引申。至於沿古誤用的，也應該尋出致誤的原因。這是我們研究文字義的方法，最當注意的。

第二章　字音的源起

一、自然的音

沒有文字，先有言語；沒有言語，先有聲韻。一切聲韻，都是由喉而發，也是由喉而收，本極簡單。聲的進步，由深喉到淺喉，（即牙聲）到舌、到齒、到脣，聲的變化便多了；又有發聲、送氣、收聲的分別；又有清聲、濁聲的分別；聲的變化更多了。由聲而收，只有一韻，轉而爲平、上、去、入，韻的變化便多了；又有開口，合口、齊齒、撮口，韻的變化更多了。由簡單的聲音，變爲複雜的聲音——言語；由複雜的聲韻，變爲有形跡的文字。現在文字複雜的聲韻，都是由言語複雜的聲音而來；言語複雜的聲韻，都是由自然簡單的聲韻而來。

試用小孩證明：小孩初生，只有哭聲，哭聲是最自然最簡單的；其聲純由喉發。《說文》：「喤」小兒哭聲，「呱」小兒啼聲：「喤」是深喉聲，匣母；「呱」是淺喉聲，見母。由哭到笑，笑也是喉聲，《說文》：「咳」小兒笑也；「咳」是深喉聲，匣母。由喉聲經脣的作用，便有爸爸媽媽一類的稱呼；由喉聲調於舌，便有哥哥弟弟一類的稱呼。（哥本淺喉聲，見母，調於舌如多，爲舌頭聲，端母。弟本舌頭聲，定母，今人有讀作舌上聲，乃讀音的流變。）這些字音，完全是自然的。《說文解字》中關於自然音的字極多，大概都是呼吸、嘔吐、哭笑、歌詠和表現驚、懼、愁、怒一類的字，現在略記數例於下：

「啞」笑也：從口，亞聲，於革切。→屬於笑的。
「噴」吒也：從口，賁聲，普魂切。→屬於怒的。
「吁」驚也：從口，于聲，況于切。→屬於驚的。
「嘵」懼聲也：從口，堯聲，許幺切。→屬於懼的。
「嘅」嘆也：從口，既聲，苦蓋切。→屬於嘆的。
「警」痛呼也：從言，敫聲，古吊切。→屬於呼號的。
「嘑」號也：從口，虖聲，荒烏切。→屬於呼號的。
「嚛」食辛嚛也：從口，樂聲，火沃切。→屬於飲食的。
「㗊」口滿食：從口，竅聲，丁滑切。→屬於飲食的。
「謳」齊歌也：從言，區聲，烏侯切。→屬於歌詠的。
「詠」歌也：從言，永聲，爲命切。→屬於歌詠的。
「呼」外息也：從口，乎聲，荒烏切。→屬於呼吸的。
「吸」內息也：從口，及聲，許及切。→屬於呼吸的。

「歐」吐也：從欠，區聲，烏後切。──→屬於吐嘔的。

「吐」寫也：從口，土聲，他土切。──→屬於吐嘔的。

以上所舉，都是人類生理上或心理上自然的一種聲韻表現；由這種自然的音，變爲言語的音；再變爲文字的音；所以自然的音，爲字音最初的源起。

二、效物的音

言語的聲韻，除自然的外，便是模仿物的聲音，替物起名字。安吉張行孚說：「古人造字之始，既以字形象物之形；即以字音象物之聲。」這兩句話，很可以表明古人造字命名的原則。現在略記數例於下：

「馬」怒也；武也：象馬毛尾四足之形，莫下切。──→屬於動物的名詞。

「烏」孝烏也：象形，哀都切。──→屬於動物的名詞。

「木」冒也：冒地而生，從中，下象其根，莫卜切。──→屬於植物的名詞。

「金」五色金也：從土，左右注象金在土中形，今聲，居音切。──→屬於礦物的名詞。

「鐘」樂也：從金，童聲，職容切。→屬於人造器具的名詞。
「牟」牛鳴也：從牛，象其聲氣從口出，莫牟切。→屬於動物的動詞。
「喔」雞聲也：從口，屋聲，於角切。→屬於動物的疏狀詞。
「朩」艸木盛朩朩然：象形，八聲，普活切。→屬於植物的形容詞。
「硠」石聲：從石，良聲，魯當切。→屬於礦物的疏狀詞。
「彭」鼓聲也：從壴，從彡，薄庚切。→屬於器具的疏狀詞。

上面所舉的，都是模仿物音的字音；模仿物音的條例，大概有三項：（一）模仿物音的音：如上面所舉便是。（二）模仿物形的音：例如「日」實也：日形圓實，即呼爲「日」；「日」、「實」音同。又如「川」穿也：象水流毋穿，即呼爲「川」；「川」、「穿」音同。（三）模仿物義的音：例如「葬」臧也：言臧屍於艸中，即呼爲「葬」；「葬」、「臧」音同。「戶」護也：戶爲保護室家，即呼爲「戶」；「戶」、「護」音同。據此，可見古人制字音，都是有根據的；同義的字，往往同音，便是這個緣故。

第三章　字義的源起

一、義起於音

文字既是替代言語，字義的源起，當然與聲韻有關係；所以古時用字，只用右旁的音，不必有左旁的形。例如《詩經．兔罝》：「公侯干城。」「干」即是「扞」字。《芄蘭》：「能不我甲。」「甲」即是「狎」字。又如《說文解字》「臤」下說：「古文以爲『賢』字。」「丂」下說：「古文以爲『巧』字。」後來智識進步，才加左旁的形，以爲分別；「扞」從手，干聲；「狎」從犬，甲聲；「賢」從貝，臤聲；「巧」從工，丂聲；雖形有區別，而義的由來，仍然與音有關。例如「仲」、「衷」、「忠」三字，都從「中」得聲，都有「中」的意義。「譚」、「憛」、「醰」、「⿰覃攵」四字，都從「覃」得聲，都有「覃」的意義。其尤爲明白易見的，「禷」下云：「以事類祭天神；從示，類聲。」「類」即是義。「祀」下說：「祭無巳也：從示，巳聲。」「巳」即是義。可見凡字聲之所在，即是義之所在；無論什麼字，但舉右旁的聲，不必再舉左旁的形；懂聲韻的人，可以因聲以知義；因聲是義的根本。現在略舉數例於下：

凡字從「侖」得聲的，都有條理分析的意義。
凡字從「堯」得聲的，都有崇高長大的意義。
凡字從「小」得聲的，都有微杪細小的意義。
凡字從「音」得聲的，都有深暗幽邃的意義。
凡字從「凶」得聲的，都有凶惡勇猛的意義。
凡字從「冘」得聲的，都有深沉陰險的意義。
凡字從「齊」得聲的，都有均平整齊的意義。
凡字從「勹」得聲的，都有包括滿實的意義。
凡字從「句」得聲的，都有屈曲句折的意義。

現在再將「侖」字一條的例，舉在下面，其餘從略。

「侖」《說文》：「思也；從亼冊、會意；冊猶典也。」亼思在冊上，便是思想有條理分析的意義。

「論」《論語集解》：「理也；次也。」這是言語有條理分析的。

「倫」《孟子》：「察於人倫。」注：「序也。」這是人事有條理分析的。

「棆」《爾雅．釋木》：「棆無疵。」這是木有條理分析的。

「淪」《說文》：「小波爲淪。」《詩經・伐檀》：「河水清且淪猗。」傳：「小風水成文，轉如輪也。」這是水有條理分析的。

「掄」《說文》：「擇也。」《廣雅》：「掄貫也。」貫是有次序的意思；這也是人事有條理分析的。

「綸」《說文》：「青絲綬也。」這是絲有條理分析的。

「輪」《說文》：「車輪也：有輻曰輪；無輻曰輇。」輻的排列有次序的叫做輪；這是車有條理分析的。

在這「侖」字一條看來，我們便可明白音和義的關係了。

再從上面所舉的各例看起來，可以證明文字的原始，是用聲區別，不是用形區別。因古時字少，不能每一件事物都有文字，便將同聲韻的字，引申借用；後來雖然加了偏旁，用形爲義的標準，但是聲韻與意義的關係，仍舊可以推尋得出來。

二、義起於形

文化日漸發達，事物日漸繁多，僅用聲韻，不能夠區別；因此將右旁的聲，再加左旁的形；進一步將形的區別，來代替聲的區別。例如上節所舉的「仲」、「衷」、「忠」三字，雖都有中的意義，但是「仲」是「人」的中；「衷」是「衣」的中；「忠」是「心」的中；可見聲雖是義的綱領，而形卻是義的區別，倘使沒有標出形，便不能明瞭「中」是什麼中了。古人講義起於形的很多，現在姑且舉一則在下面爲例：

沈括《夢溪筆談》：「王聖美治字學，演其義爲右文；古之字書，皆從左文，凡字其類在左，其義亦在左；如木類其左皆從『木』。所謂右文者，如『戔』小也：水之小者曰『淺』；金之小者曰『錢』；歹之小者曰『殘』；貝之小者曰『賤』；皆以『戔』字爲義。」

這一段話，雖說聲爲義的綱領，但是我們在這一段話裡，也可以看出形與義的關係。因爲世界上一切事物，倘使都用聲去包括，那麼聲同義異的文字，便要失去代替言語的價值；所以必須要用形來區別。加了左旁的形，凡言語上不容易區別的，文字上都可以區別了。現在舉一條在下面爲例：

「果」《說文》：「木實也：從木，⊕象果形，在木之上。」從果得聲的字十三，而義都是繫於左邊的形。

「祼」《說文》：「灌祭也；從示，果聲。」義繫於左旁的「示」形。

「踝」《說文》：「足踝也；從足，果聲。」足左右隆然圓起的，叫做「踝」；義繫於左旁的「足」形。

「課」《說文》：「試也；從言，果聲。」義繫於右旁的「言」形。

「髁」《說文》：「髀骨也；從骨，果聲。」義繫於左旁的「骨」形。

「敤」《說文》：「研治也；從攴，果聲。」《廣雅》：「椎也；擊也。」義繫於右旁的「攴」形。

「夥」《說文》：「齊謂多爲夥；從多，果聲。」義繫於左旁的「多」形。

「稞」《說文》：「穀之善者；從禾，果聲，一曰無皮穀。」義繫於左旁的「禾」形。

「窠」《說文》：「空也；穴中曰窠；樹上曰巢。從穴，果聲。」義繫於左旁的「穴」形。

「裹」《說文》：「纏也；從衣，果聲。」義繫於左旁的「衣」形。

「顆」《說文》：「小頭也；從頁，果聲。」義繫於左旁的「頁」形。

「淉」《說文》：「淉水也；從水，果聲。」義繫於左旁的「水」形。

「鯉」《說文》：「鱧也；從水，果聲。」義繫於左旁的「魚」形。

「婐」《說文》：「婐妮也；一曰女侍爲果，從女，果聲。」義繫於左旁的「女」

形。

【附注】所謂左旁的形，不必形盡在左旁；「左旁為形」是文字學上的名詞。

上面所舉十三字，倘使只有右旁的聲，沒有左旁的形，則意義便不能明瞭；加了左旁的形，便可以和同聲異義的字區別，許慎用左旁立部首，便是這個意思。

第四章　字形的源起

一、畫卦的形

由言語進化爲文字，字音、字義的源起，已經解釋在上面；那麼文字的形是怎樣源起的呢？我們讀漢許愼《說文解字》敘（見文字原始節，這裡不重錄），知道未造文字以前，已經有畫卦、結繩的方法，據此看來，畫卦便是字形最初源起了。《乾坤鑿度》說：「八卦☰古文天字；☷古文地字；☶古文山字；☵古文水字；☱古文澤字；☲古文火字；☴古文風字；☳古文雷字。」這種書雖然不可信，這種理卻是可信的。

文字起源於黃帝時代，庖犧畫卦，雖不可叫做文字，但實在是文字的先導，並且有文字的價值。大概古人和事物接觸既久，不能不畫一符號以爲分別；但思想簡單，技藝粗淺，只能畫直線，不能畫曲線；只能畫平行線，不能畫交互線。他們看見天的現象平衡而無邊際，便畫「一」以爲天的符號；看見地平坦而有缺陷，便畫「--」以爲地的符號；因而疊作平行線爲「☰」「☷」，更錯綜起來，成爲八卦，當做天、地、山、澤、水、火、風、雷的符號；更推廣爲一切思想事物的符號。

現在將《易經．說卦傳》上所講的符號記在下面：

☰ 爲天；爲首；爲馬；爲圜；爲君；爲父；爲玉；爲金；爲寒；爲冰；爲大赤；爲良馬；爲老馬；爲瘠馬；爲駮馬；爲木果。

☷ 爲地；爲腹；爲牛；爲母；爲布；爲釜；爲吝嗇；爲均；爲子母牛；爲大輿；爲文；爲眾；爲柄；爲黑。

☳ 爲雷；爲駹；爲玄黃；爲旉；爲大塗；爲長子；爲蒼筤竹；爲萑葦；爲馬善鳴；爲馵足；爲作足；爲的顙；爲稼反生；爲健蕃鮮。

☴ 爲風；爲股；爲雞；爲木；爲長女；爲繩直；爲工；爲白；爲長；爲高；爲進退；爲不果；爲臭；爲寡髮；爲廣顙；爲多白眼；爲利市三倍；爲躁。

☵ 爲水；爲耳；爲豕；爲中男；爲溝瀆；爲隱伏；爲矯揉；爲弓輪；爲憂；爲心病；爲耳痛；爲血；爲赤；爲馬美脊；爲亟心；爲下首；爲薄蹄；爲曳；爲輿多眚；爲通；爲月；爲竊；爲木堅多心。

☲ 爲火；爲目；爲雉；爲電；爲中女；爲甲冑；爲戈兵；爲大腹；爲乾；爲鼈；爲蟹；爲蠃；爲蚌；爲龜；爲木科上稿。

☶ 爲山；爲手；爲狗；爲少男；爲徑路；爲小石；爲門闕；爲果蓏；爲閽寺；爲指；爲鼠；爲黔喙；爲木堅多節。

☱ 爲澤；爲口；爲羊；爲少女；爲巫；爲口舌；爲毀折；爲附決，爲剛鹵；爲妾；爲養。

古人既然將各種事物，附麗於八卦，可知八卦便是代替事物的符號了。不但八卦如此，就是六十四卦，三百八十四爻，都是如此。據方申所輯佚象共一千四百七十有一；則是六十四卦，三百八十四爻，便是一千四百七十一件事物的符號；或一卦一爻，代替多數事物，類是文字的假借；或幾卦幾爻代替一件事物，類是文字的轉注。大概在文字沒有發明以前，必是用卦記錄事物，記錄思想，不過因爲分別不清楚，後來便廢而不用了。

二、結繩的形

《易經．繫辭》說：「上古結繩而治，後世聖人易之以書契。」《九家易》說：「古者無文字，其有約誓之事，事大大其繩，事小小其繩；結之多少，隨物多寡。」《說文解字》敘：「伏犧畫卦，神農結繩，黃帝造書契。」根據這三段話，可見結繩必在畫卦以後，書契以前；和畫卦一樣，雖不是文字，卻有文字的性質；不過畫卦只有直線平行線，結繩卻有曲線交互線。結繩的形，現在已不可見；劉師培說「『一』、『二』、『三』古文作『弌』、『弍』、『弎』即爲結繩之形」。這句話雖不可確信，以意推測，或爲上古習慣的遺留。大概游牧時代，以打獵爲生活，得了禽獸，便將繩結在戈上，表示打獵所得禽獸的數目。因結繩記數目的習慣，進而爲一切記事物的應用；《說文解字》敘所謂「結繩爲治，而統其事」便是。觀此可知結繩必爲文字之形的源起；鄭樵所記的「起一成文圖」，也許是結繩的遺留。我們雖不能見結繩的形，但從文字的形上觀察，或者有許多是從結繩來的。現在略舉幾個字在下面爲例：

獨體

「一」　即是畫卦的「一」，或許結繩之是如此，所以《說文》解說爲道。

「二」　即是畫卦的「⚋」，或許結繩變爲「二」，所以《說文》解說爲地之數。

「回」　古文「回」象一氣回轉之形，屈曲其繩爲「回」，是結繩可能的事。

「ㄥ」　古文「厷」象形，屈曲其繩爲「ㄥ」，也是結繩可能的事。

合體

「𠄞」、「𠄟」　古文「上」、「下」合兩畫成文，是結繩可能的事。

「☉」　太陽之精；圍其繩爲〇，屈其繩爲乀，合而成文，是結繩可能的事。

「⊕」　啾也；圍其繩爲〇，交互其繩爲十，合而成文，也是結繩可能的事。

以上這幾個字，雖不是結繩，但看其形體，皆是結繩可能的事；或許即是從結繩的形變化出來的。因爲從畫卦產生文字，中間經過結繩的一個歷程，結繩的形，應該有這樣的形式，絕不是事大大其繩、事小小其繩的簡單。畫卦、結繩、文字，都是言語的符號，結繩的符號，必比較畫卦進化；與文字稍近，六書的指事，都是符號作用，或許便是結繩的蛻化，有人說：「六書應以指事爲先」，亦有見地。

第五章　甲　文

一、甲文的發現和名稱

清光緒二十五年己亥，河南安陽縣西五里，一個小屯發現龜甲和獸骨，上面都有刻辭。這個小屯在洹水的南邊，是殷商武乙的都城。《史記．項羽本紀》所謂「洹水南，殷虛者」便是。刻辭裡面，殷代帝王名號很多，因此便有人斷定是殷代的遺物，稱爲「殷虛書契」，「契」是刻的意義，即是刻文字在龜甲上。或稱爲「契文」，或稱爲「殷契」，又因爲刻辭上都是貞卜的話（貞卜即是問卜），所以又稱爲「殷商貞卜文字」，普通稱爲「龜甲文」，或稱爲「龜甲獸骨文字」；這裡稱爲「甲文」，是一種簡稱，和《說文解字》簡稱爲《說文》一樣。

二、研究甲文的人

甲文出土的時候，爲福山王懿榮所得，王氏死庚子之難；盡歸丹徒劉鶚，劉氏墨拓數千紙，影印《鐵雲藏龜》一書，其書雖未有考釋，然已引起世人注意。後劉氏得罪發邊，所藏散失；日本考古家爭相購買，日人林輔泰著一文，揭之於史學雜誌；研究甲文的人，日見其多。

國內研究甲文的學者，當首推瑞安孫詒讓，著《契文舉例》一書，但未能洞悉奧隱。後來上虞羅振玉搜羅龜甲很多，經過他的考釋，甲文便漸漸可讀。繼羅氏而起的，要推海寧王國維，他將甲文運用到古史上，甲文的價值，愈覺增高起來。

其他如丹徒葉玉森、天津王襄、丹徒陳邦懷、番禺商承祚等，惟葉氏所著《說契》、《研契枝譚》、《殷契鉤沉》，頗有糾正羅氏的違失；其餘著作，皆未能出羅、王二氏的範圍。松江聞宥，研究甲文，欲爲甲文整成一統系，其見頗卓，當能自成一軍；但全功尚未告竣。國內研究甲文的學者尚多，這裡但舉著者所知的記在上面。

三、甲文的眞僞和價値

自甲文發現以後，信爲眞殷代文字的人極多；疑其假的人絕少。餘杭章炳麟不信甲文，但亦未曾發表過強有力不信的理由。著者對於甲文，沒有確實證據，證明甲文是假的，故不敢貿貿然斷甲文是假；但著者個人的意見，以爲若必定確信甲文是眞的，必須經過兩種考驗：（一）地質學家的考驗；將龜甲入土的淺深，考驗年代的遠近。（二）化學家的考驗；將龜甲獸骨一一分析，考驗其變化的久暫。現在沒有經過這兩種考驗，僅僅根據文字的考證，多少總有點的可疑；我不懂地質學與化學，不能做上述二種考驗的工作，對於甲文只能抱不敢信不敢疑的態度。我現在本確信甲文的人，將文字上考證所得的價值，列舉在下面：

1.殷都邑的考證；
2.殷帝王的考證；
3.殷人名的考證；
4.殷地名的考證；
5.文字的考證；
6.文章的考證；
7.禮制的考證；
8.卜法的考證。

上面八項，可以約爲三項：（一）歷史上的價值。（二）文章上的價值；（三）文字上的價值。（一）、（二）兩項價值，與文字學沒有關係，可不必論；在文字學上所當研究的是第三項價值，現在將第三項價值，記四條於下面：

1.籀文即是古文，並非別有創制和改革。例如《說文》「四」字，籀文作「亖」，甲文中的「四」字，正是作「亖」。

2.古象形文以象物形爲主，不拘筆畫繁簡異同。例如：

羊——「」「」「」「」

馬——「」「」「」「」

豕——「」「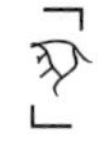」「」「」

犬——「」「」「」「」

以上諸字重文，筆畫繁簡，皆有異同；然都肖羊馬豕犬的形狀。拘拘於筆畫，是經過整理以後的文字。

3.與金文相發明。用甲文證金文，常見的字，相合的十有六七。例如毛公鼎「余」字作「」，盂鼎「盂」字作「」，和甲文相同。

4.糾正許書的違失。《說文》中文字，有許多不得其解的，或解而不通的，甲文可以糾正。例如「牢」字，《說文》作「」，從「牛」、從「冬」省；甲文上「牢」字，有「」「」「」「」「」「」諸形，都是象闌防的形狀，並非從「冬」省。

甲文在文字學上的價值，有這樣大；其他在文章上，歷史上，當然也有相當的貢獻。我極希望研究甲文的學者，先在龜甲的本身上，作精密的考驗，倘龜甲的本身，沒有問題，則對於學術上的貢獻，眞是不可限量。

第六章　古　文

一、金文中古文和《說文》中古文的異同

許叔重《說文解字》敘：「重文一千一百六十三。」（按今覆毛初印本和孫、鮑二本都是一千二百八十，毛刻改本是一千二百七十九。）所謂重文，即是古文，籀文，或體，三種。除或體外，古文，籀文，都可稱爲古文；可是將後世出土的金文來比較，大多數不相符合。如《說文》：「示」古文作「」；「玉」古文作「」；「中」古文作「」，籀文作「」；「革」古文作「」；「畫」古文作「」作「」；「敢」古文作「」，籀文作「」，都不見於金文。金文中習見的字，如「王在」的「在」作「」；「若曰」的「若」作「」；「皇考」的「皇」作「」；「召伯」的「召」作「」；「郑子」的「郑」作「」；「鄭伯」的「鄭」作「」；都不見於《說文》。又如金文以「𢍶」爲擇，《說文》：「『𢍶』引給也。」不言古文以爲擇字；金文以「乍」爲作，《說文》：「『乍』止也；一曰亡也。」不言古文以爲作字。總之金文中的古文，與《說文》中的古文，各自不同。關於不同的原故，有兩個主張：

（一）吳大澂的主張：《說文》中的古文，是周末的文字；金文中的古文，是周初的文字。——《說文》中的古文，是言語異聲、文字異形的古文，不是眞古文。

（二）王國維的主張：《說文》中的小篆，本出於大篆。《說文》中的古文，是戰國時六國的文字，用以寫六藝的。《說文》中的古文，是東土文字；金文中的古文，是西土文字。

這兩個主張，究竟是不是定論，或孰是孰非，尙待硏究。不過近來新出土的三體石經，都和《說文》中的古文相合；就是《說文》中的古文，和金文中的古文，也間有相同的。可見《說文》中的古文，實有兩種：一種是鼎彝中的文字；一種是六藝中的文字。不過六藝中的古文多，鼎彝中的古文少；吳氏不察，說許氏不見古籀眞跡，未免太過。

二、古文的形義是最初的形義

《說文》中的文字，都是形由義生，義由形起，似乎都是初形初義；但是考證古文，便知《說文》中的文字，已經變更了。例如「天」字，《說文》：「顚也」，是最初的義，古人只知有顚，不知有天；天的名是從顚的意義引申出來的。《說文》「天」字的組織從「一」、「大」，和「顚」的意義不合，可見不是最初的形；古文「天」

作「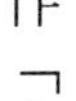」，「」是人形，「●」就是「顛」的形，形與義便相應了。古文的形義，在文字學上，極有研究的價値；不過古文繁簡不一，異形極多；各家的釋文，又復紛如聚訟。吳大澂著《字說》三十二篇，關於古文的形義，很有發明。現在舉其「出」、「反」字說在下面，爲研究古文形義者介紹。

「出」、「反」字說：「古『出』從『止』從『』；『反』爲『出』之倒文，二字本相對也。古文『止』字，象足跡形，有向左向右之異；有前行倒行之別；右爲『』即『』。左爲『』即『』。讀若撻。向右爲『』即『』，小篆作『』，苦瓦切。向左爲『』，即『』，小篆作『』，讀若黹。兩足前行『』小篆作『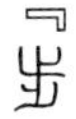』，加『』爲『』。兩足倒行爲『』，小篆作『』，加『』爲『』。兩足相並爲『』，小篆作『』，讀若撥。兩足相背爲『』，小篆當作『』，今作『』。以足納屨爲出，當作『』，變文爲『』。倒『出』爲『』，當作『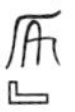』，變文爲『』。古禮出則納屨，反則解屨，『』象屨在足後形。『出』『反』二字正相對；與『陟』、『降』二字同。《說文解字》『出』進也；象屮木益滋上出達也。『反』覆也；從『又』反形。蓋文字屢變而不得解，古義之廢久矣。《詩》：『繩其祖武』，『履帝武敏歆』；《禮記》：『堂上接武，堂下布武』之武，疑亦從兩『止』，古文作『』即步字，後人誤釋爲武，與『止』、『戈』之義絕不相合也。」

觀「」、「」二字，小篆變爲「」、「」，與初形初義，悉不相符，可

見求文字最初的形義，當考諸古文；這裡不過舉「出」、「反」二字為例，學者觀吳大澂《字說》全書，當更明白。

三、古文和籀文

自從《漢書．藝文志》以史籀為周宣王的大史；後來許叔重解《說文解字》也是如此說法，「籀文」便公認為在古文以後、篆文以前的一種書體；二千年來，沒有人否認過。近來海寧王國維著《史籀篇疏證》，始創說，史籀是書的篇名，不是書體的名；因《說文》中的籀文與殷周的古文，很多相同的，現在略記幾個字在下面為例：

「[illegible]」　籀文「登」；按盂鼎「[illegible]」字作「[illegible]」，從「米」在豆中，廾以進之；從「米」與從「[illegible]」的意同。「[illegible]」即從「[illegible]」省聲，又甲文與散氏盤「登」字都與籀文同。

「[illegible]」　籀文「秦」；按盄龢鐘和許子簠「[illegible]」字如此作。

「[illegible]」　籀文「邕」；按毛公鼎「雝」字作「[illegible]」，從「[illegible]」，與籀文「[illegible]」字，都是象邕城池的形；篆文變「〇〇」為邑，遂為會意。

「三」　籀文「四」；甲文及金文中「三」字，都是如此作，與籀文同；惟郘鐘「四」作「」，與篆文略同。

據以上幾個字看來，《說文》中的籀文，未必出自《說文》中的古文，因《說文》中的古文，與周古文相同的，反比籀文少。許叔重說：「宣王大史籀著大篆十五篇，與古文或異。」這句話很有疑問；王國維說，籀文不是書體名稱。他的理由有兩點：（一）史籀是太史讀書的意思；「籀」和讀同，不是人名。（二）史籀篇的文字，是周秦間西方的文字；沒有傳到東方，所以和東方文字不同。這兩個理由，很有價值；第二點尤其有價值。

籀文和篆文是戰國時代秦國的文字，秦國是西周的故都；秦國本身沒有文化，都是西周的文化，所以文字與西周相近，沒有什麼變更；周朝從東遷以後，文化由陝西到河南，由河南到山東；山東尤其是文化的中心點，文化發達，文字也隨著演變，東方的文字，當然與西方不同。六藝是孔子刪訂的，所以書寫六藝的文字，都是東方文字。如此研究，古籀的問題，完全可以解決了。

第七章　篆　文

一、篆文和古文

論文字發達的程序，後起的字形，大都從初起的字形蛻化而來；篆文雖是秦代製造，但是因古文不變的極多。張行孚著〈小篆多古籀考〉一篇，證據極爲詳確，他舉出兩個例：（甲）例如「於」古文「烏」，小篆「菸」、「淤」等字，都從「於」聲，籀文「磬」，小篆「聲」、「磬」等字，都從「殸」。這個例，便是已廢爲古籀，而仍見於小篆偏旁的。（乙）例如「珇」古文「瑁」，「王」字「目」字，都是小篆。「愇」籀文「韙」，「心」字「韋」字，都是小篆。這個例，便是仍作小篆，而見於古籀偏旁的。由張氏所舉兩例看來，現在《說文解字》中九千三百五十三字中，和古文相同：大約古籀和小篆相同的，李斯只錄小篆；小篆和古籀不相同的，錄小篆以後再錄古文或籀文。但是張氏所舉古文，都是《說文》中的古文；多數是六藝中的古文，和東土文字相近，和西土文字相遠；似乎篆文和古文，又發生一個問題了；其實六藝中的文字，和鼎彝上的文字，雖然不同，不過是作法和體勢的差異；東土文字，必是由西土文字蛻化出的。我們考證金文，便可以明瞭有許多文字，雖然和小篆不同，其意義仍相似；例如「衜」古文，「道」小篆，從「行」從「辵」，意義是同的。「[illegible]」古文，「[illegible]」小篆，從「口」從「言」，意義是同的。其他如「王」古文，「王」小篆；古文的「王」，從「二」從「火」；篆文的「王」，從川「丨」貫「三」，形不相似。古文地中有火，火盛曰「王」，小篆通天地人謂之「王」；意義亦毫不同。我們雖不能據以考見古文遞變為小篆的痕跡；但是，就其不同的一點，加以研究，不外是：（一）組織的不同；（二）筆畫的差誤；都可推測得出來，學者本這個方法，做有系統的研究，定可以找得出文字發達的程序。

二、或體和俗體

《說文解字》重文中，除古文、籀文、奇字而外，又有或體和俗體兩種。自從大徐本所謂「或作某」的，小徐本有時寫為「俗作某」，因此學者都以為或體是俗字；著者的意見，非但或體不是俗字，便是俗體也有相當的價值。或體和俗體兩種，都是小篆的異文；漢時通行的文字，和六書條例不相違背的。許叔重著《說文解字》，本是解釋文字的條例，以糾正當時的俗書；豈肯記錄俗體字，自亂條例。試看馬頭人為「長」，人持十為「斗」，一類的俗字，《說文解字》中便一個也找不出，並且在敘裡面，特為提出來，斥為不合六書的條例；大概《說文解字》所錄的俗體，都是當時所通用，信而有徵，合於六書條例的。現在將張行孚、許印林二人的主張，記在下面：

（一）張行孚的主張：「字之有正體，或體，猶之詩之有齊、魯、韓，雖在同時，乃別有師承也。而王氏筠則謂《說文》之有或體也，亦謂一字殊形而已；非分正俗於其間也。正體之字，以或體爲偏旁甚多，若以其或體而概廢之，則正文之難通者，不既多乎？」

（二）許印林的主張：不惟或體非俗體，即俗體亦猶之或體也。俗，世俗所行，猶《玉篇》言「今作某」耳；非對雅正言之，而斥其陋也。鄭康成之注《周禮》也，曰：「『卷』，俗讀也，其通則曰『衮』。」以今考之，「卷」之讀不必俗於「衮」，而鄭云俗者，謂記禮時世俗讀「衮」爲「卷」，故記作「卷」字；而「其通則曰『衮』」者，謂通其義，通，猶解也；非謂「衮」通雅而「卷」俗鄙也。許君所謂俗，亦猶是矣。

照上面兩個主張看來，可見或體並不是俗字；況且有許多或體字，是從正體省的；甚且即是正體初文。例如或體「康」，即是正體「穅」的省文；也可以說是正體「穅」的初文。或體「𣶒」，即是正體「淵」的省文，也可以說是正體「淵」的初文。不過或體也有應該要分別的，許印林說：「或體有數種，或廣其義，或廣其聲；廣其義者無可議，廣其聲則有今古之辨。」大概廣其聲的或體，不盡出於秦篆；也有漢人所附益的。例如「芰」杜林說作「茤」，用古音分部考證，「芰」從「支」聲，「支」

屬支部；「䔫」從「多」聲，「多」屬歌部；和周秦的音不合了。據此看來，俗體當是後人孳乳的文字；或體是通行已久的文字；都不背文字的條例，都有存在價值。

第八章　隸　書

據《說文解字》、《漢書．藝文志》的記述，隸書的興起，是秦代專供給獄吏隸人用的；高文典冊仍舊用篆書。到漢朝開始用隸書寫經，隸書的用途漸廣，變化也漸繁雜。但是隸書雖是變更篆體，究竟是從篆書蛻化的；況且漢人講經，用字多用假借，依聲託事的條例，並不曾淹沒；隸書文字的條例，仍然可以找得出；自從唐人改爲眞書，經籍的文字，才大變了。我們研究隸書，應該根據碑碣；但是，碑碣有通與異的差別，現在分節敘述於下。

一、隸變之通

嘉定錢慶曾著《隸通》，舉出五個條例：

（一）通——訓詁的通；例如「吏」通作「理」，和六書中假借相合。推而廣之「靈」通作「零」；吳仲山碑「零雨有知」，「零」即「靈」之假借字。「莪」通作「儀」；衡才碑：「悼蓼儀之劬勞」，「儀」即「莪」之假借字。

（二）變——形體的變；例如「⿱叀炎」變作「薰」，有變而通行的；有變而不通行的。變而通行的；如「丄」變作「上」，「丅」變作「下」。變而不通行的，如「天」變作「无」，「祥」變作「佯」。

（三）省——筆畫的省；例如「落」省作「苔」。他如「气」省爲「乞」，見無極山碑；倘不知「乞」由「气」變，便無從尋求「乞」字的由來。——現在通行的眞書，大半由隸變省的，例如「皇」省作「皇」，「書」省作「書」。

（四）本——本有其字，隸變後另有一字；例如「珙」本作「玒」。他如「禨」本作「鬾」，《說文》無「禨」字；鬼部「鬾」俗也，隸體之「禨」，即《說文》之「鬾」。

（五）當——當作此字，隸變後作一偏旁，其實是不應當的；例如「芙蓉」當作「夫容」。他如「蒺」當作「疾」，「蔍」當作「鹿」，所謂，「羽族安鳥，水蟲著魚」，便是這個意思。

二、隸變之俗

隸變之俗，在文字學上，雖沒有什麼研究的價值；但是，不明白俗體，正體便不能注意。隸變的俗體，大都是筆畫的變更，例如「龍」寫作「龍」，「虎」寫作「乕」；這一類字，在現在有不通行的，有仍沿用的。關於隸變之俗，可分下列四例：

（一）委巷妄造之俗：例如百念爲「憂」，言反爲「變」。他如武則天造字，「天」作「𠑺」，「地」作「埊」，「人」作「𤯔」。

（二）淺人穿鑿之俗：例如「出」爲二山，「昌」爲兩日。

（三）傳寫錯誤之俗：例如以「筮」爲「巫」，以「叜」爲「叟」。

（四）臆說妄改之俗：例如秦代改「辠」爲「罪」；王莽改「曡」爲「疊」。

此外如「戼」和「丣」不同，「丏」和「丐」不同之類，也是研究隸變者所不可忽略的。

第九章　文字廢棄

一、應當廢棄的

文字是時代的產物；文字的作用，是記錄事物，替代言語；時代是息息演進的，事物和言語，也是隨著時代的演進而變化；文字當然也要隨著事物和言語的變化而增加廢棄。社會上沒有這件事物，沒有這句言語，便不必有這文字；所以《說文》九千三百五十三文，現在應當廢棄的，有二分之一以上。這種廢棄的原因，不外下述兩種：

（一）事物的變更：古人對於天地鬼神的觀念很深，用祭祀來表示；所以《說文》裡關於祭祀的專門名詞極多；現在祭祀的儀式，許多已經廢除了；因此關於祭祀的文字，應當廢棄的，不下二分之一。

（二）言語的變化：古人言語雖不很發達，而對於事物的專門名詞卻很多；後來言語進化，爲言語的簡便計，大都用一個形容詞加在普通名詞上，以替代專名。例如《說文》關於牛的專名，有十八字，黃色牛有黃色牛的專名（《說文》：「犉」黃牛虎文；「犥」黃牛黑脣）；白色牛有白色牛的專名（《說文》：「㸧」白牛也）；現在都改稱「黃牛」、「白牛」，事物沒有變，而言語變了；於是關於牛的文字，應當廢棄的，約有七分之四。

上舉兩例，可以說是文字廢棄的標準。大概文字有死與活兩種：活的文字，便是日常通用的；死的文字，只須供給專門學者的參考。活的文字，又可分爲適用的和不適用的兩類：適用的，即是普通的文字；不適用的，例如《說文》、《爾雅》裡關於草、木、蟲、魚、鳥、獸一類的文字，雖不是死的文字，然不是博物的，大都不適用。總之，文字在於應用，不必把腦筋當做字典。

二、不應當廢棄的

照上節所講，《說文解字》九千三百五十三文，應當廢棄的，有二分之一以上；則不應當廢棄的，當然也有二分之一以下。研究文字學的學者，對於這類不應當廢棄的文字，應該分別治理一下，以便社會的應用。關於不應當廢棄的文字，有下列兩種：

（一）現在沒有廢棄的，舉示部、牛部的字爲例：

「示」、「祜」、「禮」、「禧」、「祿」、「禎」、「祥」、「祉」、「福」，「祐」、「祺」、「祇」、「神」、「齋」、「祕」、「祭」、「祀」、「祖」，「祠」、

「祝」、「祈」、「禱」、「禦」、「裖」、「社」、「祲」、「禍」、「祟」、「茯」、「禁」、「牛」、「牡」、「特」、「牝」、「犢」、「犖」、「牟」、「牲」、「牽」、「牢」、「犕」（這字書中借「服」字用）、「犁」、「牴」、「犀」、「牣」、「物」、「犧」。

（二）文字上不用，而言語上用的，例如：

「勯」（勞勯）、「傫」（懶）、「傮」（終）、「僌」（兌換）、「倗」（倍）、「伭」（恨）、「刺」（刀傷人）、「嚛」（大口食物）、「喌」（呼雞聲）、「咠」（小語）、「窨」（窨嘴）。

【附注】括弧裡面，是現在口語小解釋。

關於（二）項所舉十例，不過是大略舉的。我們若根據各地的方言，再來搜求文字，所得定然很多。普通人每每說：「口裡有這句話，書裡絕沒有文字」，事實不是如此。

三、因假借而廢棄的

中國文字，用假借的很多；假借的方法，極其便利，但因此而使文字廢棄的也不少。關於因假借而廢棄的文字，有下列兩例：

（一）形廢棄而義沒有廢棄的：例如「𧼮」，即快𧼮的「𧼮」，現在通用「慢」字，「𧼮」的形廢棄了，而義沒有廢棄。「㱙」，即腐㱙的「㱙」，現在通用「朽」，「㱙」的形廢棄了，而義沒有廢棄。這一類字極多，這裡不能多舉。

（二）義廢棄而形沒有廢棄的：上舉因假借而致形廢棄了義沒有廢棄的一例，普通人大概都知曉；這一條所舉義廢了而形沒有廢棄的例，人都不大注意。例如「之」本義是出，現在用爲代名詞、介詞，「之」的本義便不通用了。又如「而」的本義是頰毛，現在用爲語助詞，「而」的本義，便廢棄了。這一類字，《說文》也極多。

四、雖廢棄了，因偏旁所用，而不能廢棄的

照前三節所述，文字的廢棄，有應當廢棄的；有不應當廢棄的；有因假借的緣故，無意廢棄的三種，但是根據文字學上的研究，還有一條例外，即是：這文字雖已廢棄了，而因別字用爲偏旁，使這字不能廢棄。例如照「一」例講：野外謂之林，林外謂之冂的「冂」字。本應該廢棄；但「市」「央」等字都用「冂」做偏旁，「冂」字便不能廢棄了。照「二」例講：「𥄕」，目不正，現在已廢棄了；但「瞢」、「蔑」等字，都用「𥄕」字做偏旁，「𥄕」字雖廢拋而仍存在。照「三」例講：「𠬪」，上下相付的意思，現在借用「摽」字，「𠬪」字已廢棄了，但「受」、「爭」等字，都

用「叒」做偏旁，「叒」字雖廢棄而仍存在。此種例很多，大概可分兩種：

（一）用爲形的：《說文》五百四十部首，其中未曾廢拋的固然很多；廢棄了的不少，但九千三百五十三個文字，都是從這五百四十部首孳乳而來，倘使所孳乳的字，不應廢棄，則所從孳乳的部首，便也不應廢棄了。例如「丨」上下貫通的意義，現在已廢棄了；但「中」字從「丨」，「丨」便不能廢棄了。「茻」，艸叢，現在借用「莽」字；但「莫」、「莽」都從「茻」，「茻」字便不能廢棄了。

（二）用爲聲的：《說文》七千六百九十七個形聲文字，都是由一千一百三十七個聲的字母孳乳出來的；孳乳的文字，倘不應當廢棄，則所由孳乳的聲的字母，便也不應廢棄了。例如「竹盛丰丰」的「丰」字，現在已經廢棄了；但「奉」字從「丰」爲聲，「丰」字便不能廢棄了。夅服的「夅」字，現在已借爲「降」，但「絳」字從「夅」，得聲，「夅」字便不能廢棄了。

第十章　文字增加

一、自然的增加

人類文明，由簡陋到精密；文字也由少而多。上古人民，智識單簡，沒有辨別事物的能力，看見一株樹木，只知道是一棵樹木，不能辨別它是松樹還是柏樹。看見一莖草，只知道是一莖草，不能辨別是葵還是藿。初造文字，關於木只有一個「木」字，關於艸只有一個「艸」字，從「木」的字四百多字，從「艸」的字四百多字，都是後來演加的。古人製造的物件很粗陋，名稱不多，文字也很少；初造車子的時候，只有一個「車」字；初製衣服的時候，只有一個「衣」字。關於車的「軒」、「輼」、「軺」、「輊」、「輣」、「軘」等字，關於衣的「袞」、「褕」、「袧」、「袗」、「表」、「裏」等字，也都是後來增加的。這種增加，是自然的趨勢。大概文字時時有廢棄，也時時有加增；廢棄是圖簡便，增加是應需要，都是不可免的。現在將從漢朝以後字書上文字的數目，列表於下，我們便可很明白的看出中國文字增加的過程了。

書名	時代	字數	遞增數注
《蒼頡篇》	漢	三三〇〇	
《訓纂篇》	漢	五三四〇	二〇四〇（一）
《續訓纂》	漢	六一八〇	八四〇
《說文解字》	漢	九三五三	三一七五
《聲類》	魏	一一五二〇	二一六七
《廣雅》	魏	一八一五〇	六六三〇
《玉篇》	梁	二二七二六	四五七六
《廣韻》	唐	二六一九四	三三六八
《韻海鏡源》		二六九一一	七一七
《類篇》	宋	三一三一九	四四〇九
《集韻》	宋	五三五二五	（二）
《字匯》	宋	三三一七九	一八六〇
《正字通》	明	三三四四〇	二六一
《康熙字典》	清	四七〇三五	三五九五

【注一】自《蒼頡》以下十四篇。

【注二】隸變的重文太多，不能作為遞增。

二、偏旁的增加

鳥屬的字，用「鳥」做偏旁：魚屬的字，用「魚」做偏旁；文字的增加，這一類也很多。徐鼎臣說：「《爾雅》所載艸、木、魚、蟲、鳥、獸之名，肆意增益，不可觀矣！」王貫山說：「菜名『東風』，鳥名『巧婦』；今作『蝀風』『鵁歸』，豈復可解！」這種見解，用現在的眼光來批評，未免太拘泥；文字既是事物的符號，則屬於鳥、獸、蟲、魚的專名，當然應該加鳥、獸、蟲、魚的符號，以爲區別，何必拘泥沿用古字？所以偏旁的增加，也是自然的趨勢。下面略舉數例：

「芙蓉」是「夫容」的增加字。

「崑崙」是「昆侖」的增加字。

「貓」是「苗」的增加字。

「豴」是「戎」的增加字。

「蟋」是「悉」的增加字。

「螳」是「堂」的增加字。

這種增加的文字極多，即在《說文》本書裡，也可找出不少。例如：

「貯」即是「宁」的增加字。

「蔆」即是「陵」的增加字。

「㥛」即是「亟」的增加字。

「派」即是「𠂢」的增加字。

偏旁的增加，於文字的六書條件，本極適合；比較《說文》裡「告」字已經從「牛」，又從「牛」作「牿」，「益」字已經從「水」，又從「水」作「溢」，便要合理的多。至於所增加的文字，是否在現在還是適用，則應該分別討論。

此外還有一種特別的方言的增加：例如福建的「有」、「冇」等字，廣東的「閃」字，廣西的「孬」字，陝西的「吴」、「丕」等字，一部分社會很通行，究竟應該不應該保存，應待討論。至於隸變的增加，如《集韻》、《康熙字典》上的古文，是沒有存在的價值的。

中編　六書條例

第一章　六書通論

一、六書的次第

關於六書的次第，有下列八種不同的主張：

（一）1.象形、2.會意、3.轉注、4.處事、5.假借、6.諧聲——鄭康成的主張。

（二）1.象形、2.象事、3.象意、4.象聲、5.轉注、6.假借——班固、徐鍇、周伯琦的主張。

（三）1.指事、2.象形、3.形聲、4.會意、5.轉注、6.假借——許叔重、衛恆的主張。

（四）1.象形、2.指事、3.會意、4.轉注、5.諧聲、6.假借——鄭樵的主張。

（五）1.象形、2.指事、3.會意、4.諧聲、5.假借、6.轉注——吳元滿、張有、趙古則的主張。

（六）1.象形、2.會意、3.指事、4.轉注、5.諧聲、6.假借——楊桓的主張。

（七）1.象形、2.會意、3.指事、4.諧聲、5.轉注、6.假借——王應電的主張。

（八）1.指事、2.象形、3.會意、4.轉注、5.諧聲、6.假借——戴侗的主張。

這八種主張，我們用歷史進化的眼光來判斷，應該以（二）項班固的主張為標準。上篇曾說過，「獨體為文，合體為字」。象形、指事是獨體的「文」；會意、形聲是合體的「字」。文字的次序，文先字後，可見象形、指事和會意、形聲絕不能顛倒的。至於轉注、假借，則是用字的方法，更不能在造字之先了。

六書又可分虛實，象形實，指事虛；因物有實形，事沒有實形。會意實，形聲虛；因會意會合兩文三文，便成了意義，而形聲卻沒有意義可以體會。轉注實，假借虛；轉注各有專意，有獨立的字義，而假借卻要有上下文做根據，不能指出一個單獨的文字，斷它是不是假借。古人思想的演進，必是由實而虛，所以變亂班固的次序的，都是不明瞭虛實的意義，和古人思想演進的原則。

再用文字的本身來證明：

（一）象形在指事之先的證據，例如：

「刃」是指事，必先有象形的「刀」字，才有指事的「刃」字。有人說，造字最先必是「一」字，而「一」字是指事，似乎指事不應該在象形之後。不知「一」字是否應屬於指事，實是疑問；《說文》上所謂「道立於一」的解釋，絕不是上古時代的思想。「一」是計數的符號，絕不應在名物字之先，是沒有疑惑的。

（二）會意在形聲之先的證據，例如：

「慚」是形聲，必先有會意的「斬」字，而後才有形聲的「慚」字。雖然也有許多指事、會意的字，用形聲來組合，但都是展轉孳乳的字，不足據爲證明。

根據上面幾項理由，得到的結論是：六書的次第，應該以班固的主張爲標準。

二、六書是造字的基本，用字的方法

王筠說：「象形、指事、會意、諧聲，四者爲經，造字之本也。轉注、假借，二者爲緯，用字之法也。」古人造字，先有事物，次有命名，再次才有文字。凡一切物滙，有形可象的，都用象形的方法；沒有形體可象，而屬於虛事的，便用指事，例如「丄丅」（上下），一見可識。有不屬於物、事，而屬於意的，便用會意的方法；會合幾個文，而成一個字的意義，例如：會合人言而成「信」字。會意雖比較象形、指事使用便利，可是仍然有窮盡；因此而有形聲的方法，用一個形，配一個聲，可以應用無窮。形聲的字體配合，有下舉六個方法：

（一）左形右聲，例如：「江」、「河」。

（二）右形左聲，例如：「鳩」、「鴿」。

（三）上形下聲，例如：「草」、「藻」。

（四）下形上聲，例如：「黿」、「鼇」。

（五）外形內聲，例如：「圃」、「國」。

（六）內形外聲，例如：「聞」、「問」。

上舉象形、指事、會意、諧聲，是造字的基本方法。轉注、假借，是取造成的文字來應用。轉注的作用，在匯通不同形而同義的文字，例如：考即是老，老即是考，不過是各地的方言不同，其實意義是同的。假借的作用，在救濟文字的窮盡，使一個文字，可以做幾個文字用，例如「字」是乳，假借爲撫字。假借大概可分爲兩類：

（一）本無其字而假借的。

（二）本有其字而假借的。

上舉轉注、假借兩種，是用字的方法。

三、六書爲識字的簡易方法

近來學者，往往說，中國文字繁難，有礙文化的進步。說這話的，雖不能說他絕對沒有理由，但至少可以說，他是沒有明白中國文字的條例；中國文字雖有幾萬，但能有下舉三種預備，便不難認識，分述於下：

（一）明瞭六書：中國的文字，都可用六書來包括；即象形、指事、會意、形聲，是造字的方法，轉注、假借是用字的方法。造字的四法，很容易明瞭；況且四法中形聲最多（《說文》九千三百五十三文，象形三百六十四；指事一百二十五；會意一千一百六十七；形聲七千六百九十七）。形聲的方法，尤其是簡便；屬於魚部的文字，必是關於魚的；配合的是什麼音，便讀什麼音。其他從鳥、從金、從水、從火無不如此。用字的二法，假借比較複雜些，但是能明瞭借音借義的原則，也沒有什麼困難。

（二）認識字母：中國文字，雖不是拼音母而成，卻也是由少數字母組合而成。《說文》中五百四十個部首，便是中國的字母；五百幾十個文字，自然不難記熟；記熟了，再用六書造字的條例，分析一切的中國文字，便可以觸類而通了。

【附注】《說文》五百四十個部首，有許多不是純粹的字母。章太炎先生著《文始》，舉出準初文僅五百十個。

（三）略明文字變遷的源流：中國文字，因經過幾次體例上的變更，許多文字失去了製造的條例；例如：「鳥」有四足；千里草為「董」。倘能明白六書的條例，再略有點文字變遷的知識，明瞭變遷的痕跡，這困難也不難解決的。

上舉三則，（一）、（二）兩則，是文字的本身；（三）則是文字的歷史。三則中以（一）則「明瞭六書」最為重要。

四、組織的原素同，而組織的條例不同，音義不同

中國文字，雖可歸納於六書的條例，但往往有組織的原素同，而組織的條例不同；組織的條例同，而音和義不同。研究中國文字，不能忽略這種事例。

舉例於下：

(一) 一是會意，一是會意兼形的：例如「天」是會意；「立」、「夫」是會意兼形；同是從「一」、「大」。

(二) 一是會意兼形，一是會意兼聲的：例如「術」是意兼形；「市」是意兼聲；同是從「屮」、「八」。

(三) 一是象形，一是形聲的：例如「昜」是象形；「昒」是形聲；同是從「日」、「勿」。

(四) 同是會意，而音義不同的：例如「出」、「屯」同是從「屮」、「一」。

(五) 一是會意，一是形聲的：例如「善」是會意；「詳」是形聲；同是從「羊」、「口」。

(六) 同是形聲，而音不同的：例如「吟」、「含」同是從「今」、「口」。

古人製造文字，只用少數的初文，互相配合，以避重複；有不能避免重複的，便將組合的位置，變更一下，既達出事物的形意，又不背六書的條例。但是有意義的變

更組合位置，指事、會意是如此；而形聲卻不如此。形聲的配合位置，完全是避免重複，大都是沒有意義。例如「忠」解釋忠誠，「忡」解釋憂愁；倘造字時，「忡」作忠實，「忠」作憂愁，也沒有關係的。

第二章　象形釋例

一、象形概說

八卦、結繩之後，便產生象形的文字。象形即是描畫物體的形狀，和繪畫的線條，沒有差別；用金文，龜甲文來證明，更是明顯。

象形的性質，有下列幾種：

（一）屬於天象的，例如「日」、「月」。

（二）屬於地理的，例如「山」、「水」。

（三）屬於人體的，例如「子」、「呂」。

（四）屬於植物的，例如「艸」、「木」。

（五）屬於動物的，例如「牛」、「羊」。

（六）屬於服飾的，例如「冃」、「巾」。

（七）屬於宮室的，例如「門」、「戶」。

（八）屬於器用的，例如「刀」、「弓」。

象形的方法，有下列幾種：

（一）從前面看的，例如「日」、「山」。
（二）從後面看的，例如「牛」、「羊」。
（三）從側面看的，例如「鳥」、「馬」。
（四）變橫形爲直形的，例如「水」當橫看爲「☰」
（五）省多爲少的，例如「呂」象脊骨，用兩個概括多數。

象形文字，是中國文字的淵源；雖然指事也屬於獨體的初文，但是許多指事文字，是根據象形文字而造成的。例如上章「一」節所舉的「刃」字便是。《說文》中象形文字計三百六十四；除去不純粹的，還餘二百四十二；再除去重複的，和由一個形體而演化的，只得一百幾十個，占現在的文字，不到百分之一。所以說：「中國文字是從象形文字演化的」，是可以的；說：「中國文字，都是象形文字」，便不通了。

二、象形分類

象形分類，有下舉三位學者的分法：

（一）鄭樵的分法：1.正生：又分天地、山川、井邑、草木、人物、鳥獸、蟲魚、鬼物、器用、服飾十類；2.側生：又分象貌、象數、象位、象氣、象聲、象屬六類；3.兼生：又分形兼聲、形兼意兩類。

（二）鄭知同的分法：1.獨體象形；2.合體象形；3.象形兼聲；4.象形加偏旁；5.形有重形；6.象形有最初本形。

（三）王貫山的分法：1.正例；2.變例。

這三種裡面，鄭樵的分法，最不可靠；混合指事、會意、形聲三例在象形的類別裡，太沒有辨別的眼光。鄭知同的分法，雖比較明晰，但是他主張不守《說文》一定的形體，似乎不適於初學，現在本王貫山的分法，在下節詳述。

三、象形正例

象形正例，即象物的純形，可分五類：

（一）天地的純形，例如「日」外面象太陽的輪廓；裡面象太陽閃爍的黑影。「月」象月的缺形。

（二）人體的純形，例如「口」、「目」純象口目的形狀。

（三）動物的純形，例如「隹」象短尾的禽；「鳥」象長尾的禽。隹是水禽；鳥是山禽。「牛」、「羊」象牛羊從後面看的形狀。

（四）植物的純形，例如「艸」象草的叢生；「木」象樹木的冒地而生。

（五）器械的純形，例如「戶」象半門；「門」象兩戶；「豆」、「皿」象食器。

上舉五例，純然象物的形狀，毫沒有意義，這是象形的正例。

四、象形變例

象形變例，即是用事、意、聲輔助象形，使字義明顯；但是不能屬於指事、會意、形聲的條例，因它仍以形爲主，所以叫做象形變例。可舉下列八例：

（一）一字象兩形，例如「㔾」一象草木深函的形；一象花未發的形。

（二）減文象形，例如「𦍋」象羊角，由「羊」字減省。

（三）合體象形，例如「臼」外象臼形，中象米形。

（四）象形兼意，例如「果」，「田」是象果形；「木」是會意。

（五）形兼意而略異，例如「爲」母猴，形兼意；但爪由猴生，和果由木生略異。

（六）形兼意別加一形，例如「眉」，「𠂆」象眉形；「目」會意；「仌」加象額理形。

（七）形兼意兼形，例如「齒」，「𠚕」象齒形；「凵」（口犯切，象張口。）「一」（齒中間虛縫。）兩文會意；「止」形聲。

（八）似無形而仍爲象形，例如「衣」，「亠」（篆文作𠆢）象衣領；「𧘇」（篆文作仌）象衣襟。

【附注】「衣」字本是純形，因《說文》所解有疑問，所以另作一例。許叔重的解釋是：「象覆二人之形」。王貫山說：「以意爲形」。都不能通順。

上舉八例，都是象形變例，較象形後起。所以不能屬於象形正例者，因不是獨體的初文，而須借助於他種條例。所以不能直接屬於他種條例者，因以形爲主，而不以聲意爲主。

第三章　指事釋例

一、指事概說

指事一例，古今異說很多，要以許叔重之說爲主。許氏說：「視而可識，察而見意，『上』、『下』是也。」六書中指事字最少，而最難分辨。許氏所舉「上」、「下」兩例，恰巧是最純粹的，以致弄得異說紛紜，莫衷一是。清代小學專家，若段玉裁只心知其意，不能說出定義。即江艮庭精研六書，也往往認會意爲指事。其他唐宋元明各家，如賈公彥、徐鍇、張有、戴侗、楊桓、劉泰、周伯琦、趙古則、王應電、朱謀瑋、張位、吳元滿、趙宧光等，或拘泥於許氏所舉的「上」、「下」二例；或誤認會意爲指事；或與象形、會意相混雜；或舉例不明確；或發揮不精到詳盡；都不能得指事的眞旨。只有清代王貫山的解釋，最明白易懂，他說：「所謂視而可識，則近於象形；察而見意，則近於會意；然物有形也，而事無形。會兩字之義，以爲一字之義，而後可會；而『丄』、『丅』兩體，固非古本切之『丨』，於悉切之『一』也。明於此，指事不得混於象形，更不得混於會意矣。」根據王氏的主張，我們可以替指事下一個簡明的定義如下：

「凡獨體文，或兩體三體而有一體不成文或全體不成文的文字，沒有形可象，沒有意可會者，叫做『指事』。」

【附注】「不成文」即不是獨立的字母。

二、指事分類

指事分類，有下舉三家的分法：

（一）鄭樵的分法：1.正生；2.兼生，又分事兼聲、事兼形、事兼意三類。

（二）楊桓的分法：1.直指其事；2.以形指形；3.以意指意；4.以意指形；5.以形指意；6.以注指形；7.以注指意；8.以聲指形；9.以聲指意。

（三）王貫山的分法：1.正例；2.變例。

這三家中，鄭樵的分法，條例雖不錯，而每類所收的字例，標準混亂，往往把合體的會意，混作指事。楊桓因誤認指事在會意之後，所以有九類的分法，錯誤自不必說；至於他所收的字例，較鄭樵更乖謬，沒有採取的價值。現在本王貫山的分法，在下節詳細說明。

三、指事正例

凡獨體的初文，不是象有形之物的，都屬於指事的正例，略舉幾例於下：

「一」、「上」、「下」、「亅」、「八」、「丩」、「口」、「丿」、「乙」、「九」、「乃」、「𠂹」、「鹵」、「入」、「出」、「行」、「齊」。

觀以上所舉，我們應該知道指事和象形的界限，應該以文字的性質區別，不應該以文字的形式來區別。例如：「八」、「丩」、「口」、「丿」四文，許叔重說是象形，其實和「上」、「下」沒有區別。「八」雖是象分別的形狀，但究竟是什麼物件的分別；「丩」雖是象糾繚的形狀，但究竟是什麼物件的形狀；和「上」、「下」的虛指其事，同一條例。至於「𠂹」、「鹵」、「齊」三文，雖有一定的形狀，但「𠂹」是花葉的下垂，不是花葉；「鹵」是果實的累累貌，不是果實；「齊」是禾穗的整齊，不是禾穗；仍是虛事而不是實物，這是不能和象形相混的很明顯的界限。

四、指事變例

獨體文不是象有形之物的，都屬於指事，上節已經說明了。但是也有合體文字，不象有形之物；而其組合的原素，一成文一不成文，或幾個個體中有一個不成文；在六書的條例上，不能歸於會意、形聲的，便是指事變例。舉八例於下：

（一）以會意定指事：例如「示」天象的表示和觀察示象的意義；從「二」（即上）是會意，「小」指日月星的下垂，是指事。

（二）以會意為指事：例如「喦」多言的意思；「品」從三口是會意，「山」不是山水的「山」字，「山」不成文，是指事。

（三）指事兼聲：例如「𣎳」艸木水火的形狀，從「八」聲。

（四）增體指事：例如「𥝌」樹木曲頭止不能上的意義；增「⺊」在「木」上，表示曲頭。

（五）省體指事：例如「凵」張口，省「口」以指事。

（六）形不可象變為指事：例如「刃」用「、」表示刀刃。

（七）借形為指事：例如「不」從「一」從「𠆢」；「𠆢」象鳥，「一」即是天，借鳥飛上不下的形狀，指出「不能」、「不可」的事。

（八）借形為指事而兼意：例如「高」，「冂」象界，「口」和倉舍的「口」同意，象築，借臺觀崇高的形，指高低的事，再兼「築」的會意。

第四章　會意釋例

一、會意概說

許叔重定義會意說：「會意者，比類合誼，以見指撝；『武』、『信』是也。」會意一例，許氏的解說本很明白，自從鄭樵作《六書略》，會意一類，所收的文字，許多錯誤：例如把並木爲「林」，歸在會意裡；把並山爲「屾」，又歸在象形裡；重夕爲「多」，重戈爲「戔」之類，入於會意；而重火爲「炎」，重田爲「畕」，又歸入象形裡，以致後人每每有會意和象形相通的誤解。許氏會意的定義，段玉裁、王筠二人解釋最明晰；其他唐、宋、元、明各家，雖大致不違背許君宗旨；但解釋不及段、王二人精到。現在根據二人的解釋，再簡括的定義於下：

「會合兩文三文的意義，成一個字的意義，便是會意。例如『信』字的意義，是由『人』、『言』兩文會合而成的。」

二、會意分類

會意的分類，有下列七家分法：

（一）鄭樵的分法：1.正生；又分同母之合，異母之合，兩類。2.續生。

（二）楊桓的分法：1.天體之意；2.地體之意；3.人體之意；4.人倫之意；5.人倫事意；6.人品之意；7.人品事意；8.數目之意；9.采色之意；10.宮室之意；11.衣服之意；12.飲食之意；13.器用之意；14.飛走之意；15.蟲魚之意；16.生植之意。

（三）吳元滿的分法：1.正生；又分本體會意、合體會意、二體會意、三體會意，四類。2.變生；又分省體會意、意兼聲，兩類。

（四）趙宧光的分法：1.同體；2.異體；3.省體；4.讓體；5.破體；6.變體；7.側倒。

（五）鄭知同的分法：1.正例；2.變例，又分重形、意兼形、反形、意兼聲、省旁，五類。

（六）近人某君的分法：1.純例；2.意兼形；3.意兼事；4.意兼聲。

（七）王貫山的分法：1.正例；2.變例。

以上所舉，以楊氏的分法，最無足取，其他各家，也不能盡善。這裡還是本王貫山的分法，稍加變通，在下節說明。

三、會意正例

會合幾個文字，成一個文字，意義相附屬，而沒有兼其他條例的，即是會意的正例。會意的方法，可分下列四項：

（一）順遞爲義：例如分牛爲「半」；八（即背）厶爲「公」。

（二）並峙爲義：例如「分」從「八」（分別）「刀」；兩文意不連貫，並峙見義。

（三）配合部位爲義：例如，「閏」從王在門中，「益」從水在皿上，若移置部位，便不能成意。

（四）疊文爲義：例如兩目爲「朋」；兩木爲「林」。

上舉四例，以第一例最純，正和許叔重所舉「武」、「信」兩例相合；其餘三例，也都是正例，因其所取義的都成文，和意兼形不同；所從的文都有義，和意兼事不同；並且無所兼，無所省，無所增，無所反倒，雖與第一例稍有差別，但不能歸於變例。

四、會意變例

會意變例，略舉下列八例：

（一）會意兼形：例如「牢」從「牛」，「冬」省；「冬」省是借爲牢的形，不是意。

（二）會意兼事：例如「登」解作上車；從「癶」是會意；從「豆」是指事，《說文》雖解「豆」爲象登車形，但「登」是上車，是虛事，不是實物，所以仍是指事，不是象形。

（三）意外加形：例如「爨」從「臼」。「冂」、「大」（即𠬞）「林」、「火」是會意，「同」是加的形。

（四）變文會意：例如「屯」草木難出的意思；從「一」即地，從「屮」即變「屮」形。

（五）增文會意：例如「延」長行；從「彳」引長，「彳」是小步。

（六）省文會意：例如「梟」，從「鳥」省，鳥頭在木上。

（七）反文會意：例如反「正」爲「乏」（即乏），「正」是受矢，「乏」是拒矢。

（八）倒文會意：例如「帀」從倒「㞢」；「㞢」是出，倒出便是周幣。

上舉八例，都是會意的變例。此外還有一例，可以說是變例中的變例：——意會在文字的空白處；例如「爽」從「㸚」會窗隙的意思。

講會意的又有兩例：

（一）以展轉相從的字會意。

（二）所從都是省文的會意。

著者因上列兩例，《說文》中不多見，便不舉以爲例了。

第五章　形聲釋例

一、形聲概說

六書的應用，形聲最廣，也最便利。許叔重說明形聲說：「形聲者，以事爲名，取譬相成；『江』、『河』是也。」段玉裁解釋這段話說：「以事爲名，謂半義也；取譬相成，謂半聲也：『江』、『河』之字，以水爲名；譬其聲如『工』、『可』，因取『工』、『可』成其名。其別於指事象形者，指事象形獨體，形聲合體。其別於會意者，會意合體主義；形聲合體主聲。」此段解釋，極爲明白；形聲一例，本很簡明；不過有純例的，有變例的，因此發生枝節。歷來解釋形聲的，大致都相同，這裡不必多舉。不過關於命名上，有「諧」聲和「形」聲的異見；著者以「形聲」二字，比較概括符實，所以採取「形聲」爲名。

六書的應用，形聲最廣。近世研究文字學的學者，都注重聲音的研究。章太炎氏著《文始》，用五百十字，演成五六千文字，可以說極聲音之妙用；不過他的條例，不便於初學。朱氏駿聲、戚氏學標，倡聲母的學說：朱氏用一千一百三十七聲母，統《說文》全部的字；戚氏用六百四十六聲，統《說文》全部的字；雖不能字字即聲求義，而文字底聲音的應用，可以說是包括無遺了。這裡將朱氏戚氏所著的書，各節錄一條於下：

（一）朱駿聲的條例（見《說文通訓定聲》）

「東」聲母，從「東」得聲的四字。

「重」從「東」省聲；從「重」得聲的九字。

「童」從「重」省聲；從「童」得聲的十三字。

「龍」從「童」省聲；從「龍」得聲的十九字。

（二）戚學標的條例（見《漢學諧聲》）

「一」聲母

「聿」「一」聲；從「聿」得聲的三字。

「予」「一」聲；從「予」得聲的十字

「血」「一」聲；從「血」得聲的三字。

「七」「一」聲；從「七」得聲的三字。

「立」「一」聲；從「立」得聲的十二字。

「戌」「一」聲；從「戌」得聲的二十四字。

「日」「一」聲；從「日」得聲的三十字。

「末」「一」聲；從「末」得聲的五字。

「兀」　「一」聲；從「兀」得聲的三十字。
「不」　「一」聲；從「不」得聲的三十九字。
「音」　「一」聲；從「音」得聲的二十九字。

據以上所舉，可見聲音和文字關係的密切了。

二、形聲分類

形聲的分類，有下列四家的分法：

（一）鄭樵的分法：1.正生；2.變生；又分子母同聲、母主聲、主聲不主義、子母互為聲、聲兼意、三體諧聲，六類。

（二）楊桓的分法：1.本聲；2.諧聲；3.近聲；4.諧近聲。——關於配合的方法，楊氏亦分五例：1.聲兼意或不兼意；2.二體三體；3.位置配合；（例如左形右聲，右形左聲等。）4.散居；（即一字分拆配合，例如「黃」從「田」，「炗」聲，「炗」散居上下。）5.省聲。

（三）趙古則的分法：1.同聲而諧；2.轉聲而諧；3.旁聲而諧；4.正音而諧；5.旁音而諧。

【附注】趙氏所指的聲即平上去入四聲；音即宮、商、角、徵、羽、半徵、半商，七音。

（四）王貫山的分法：1.正例；2.變例。

鄭樵《六書略》，所收正生的字二萬一千三百四十一字，變生六種，僅四百六十九字；只因他將「主聲不主義」歸於變生，似不合許氏「取譬相成」的界說。楊桓和趙古則的分法，大致相同，不過趙氏較精密些。至於楊氏所分配合方法的分，如二體三體、位置配合、散居三例，會意亦有，不獨是形聲有的。現在仍照王氏的分法，詳述於後。

三、形聲正例

關於形聲正例變例的區別，有兩個不同的見解，列舉於下：

（一）段玉裁的見解：段氏說：「形聲相合，無意義者，爲至純之例；餘皆變例。」

（二）王貫山的見解：王氏說：「形聲之字，斷非苟且配合。」

段氏主張形聲無意義的是正例；王氏主張有意義的是正例。著者在上節曾論及鄭樵以「主聲不主義」歸入變例，不合許氏「取譬相成」的界說，所以這裡從段氏的見解。

形聲正例，即是用形定義，用聲諧音，而所取的聲不兼義，不省形；例如「河」，從「水」定義，從「可」諧音；「可」不兼意義，亦不省形。略舉數例於下：

「唐」從「口」定義，從「庚」諧音。大言也。

「鳩」從「鳥」定義，從「九」諧音。

「芝」從「艸」定義，從「之」諧音。

「銅」從「金」定義，從「同」諧音。

上舉四例，和「河」字同，都是純粹的正例。——形聲正例，是六書最寬易最簡便，所以應用最廣。

四、形聲變例

形聲正例，變例的區別，上節已說明了。——許氏關於形聲，曾舉出兩例：（一）亦聲；（二）省聲。分述於下：

（一）亦聲：關於亦聲，有人說即是聲兼義，但《說文》中聲不兼義的極少，且有許多字許氏並沒有注明「亦聲」的，也是聲兼義，例如「仲」、「衷」、「忠」三字，從「中」得聲，都有「中」的意義。「延」、「證」、「政」三字，從「正」得聲，都有「正」的意義；許氏並沒有說是亦聲，而都是聲兼義的字。《說文》裡形聲的字，十之七八是兼義；注明「亦聲」的，更是聲義相兼，例如「禮」履也，從「示」從「豊」，「豊」亦聲。「訥」言難也，從「言」從「內」，「內」亦聲。聲之所在，即義之所在。——關於聲與義的關係，上篇已有詳細的說明，這裡不再細述了。

（二）省聲：省聲的原因，不過因筆畫太多。刪繁就簡，以便書寫，條例並不複雜。王貫山立出省聲的條例四項：

1. 聲兼義：例如「瑑」從「篆」省聲；「篆」亦義。

2. 所省的字，即與本字通借：例如「商」從「章」省聲；「商」、「章」通借。

3. 古籀不省：例如「進」閵省聲；《玉篇》有古文不省。

4. 所省的字，即所從的字：例如「筱」從「條」省聲；「條」亦從「筱」省聲。

本此四例，求之於《說文》，未免太繁，著者以為省聲例很簡單，沒有再舉細例的必要。

形聲變例，「亦聲」、「省聲」外，王氏《釋例》，尚有數則，但不足為例，附記於下：

（一）兩借：例如「齋」從「示」，「齊」省聲；「二」屬上便是齊；屬下便是

「示」。

（二）以雙聲為聲：例如「儺」從「難」聲；「儺」、「難」雙聲。

著者以為形聲變例，有「亦聲」、「省聲」就夠了，不必多舉不必舉的例。

形聲的字，有許多是後人增加的；例如「告」從「牛」，而「牿」又加一「牛」；「益」從「水」，而「溢」又加一水；都不合於六書條例，應該廢棄。

【附注】關於文字廢棄，參看上篇第九章。

第六章　轉注釋例

一、轉注概說

轉注一例，古今學者的見解最爲複雜。許叔重轉注的定義是：「建類一首，同意相受；『考』、『老』是也。」許君的定義，不十分明晰，所舉「考」、「老」兩例，又在同部，以致生出許多異說。但許多學者，都以轉注爲造字的方法，所以立論雖多，終不能通順。戴東原創「轉注是用字的方法，和造字無關」的學說，段玉裁、王菉友本他的主張，發揮轉注的條例，極其通順。著者贊同戴、段、王諸君的主張；現在將段、王兩君的說明，錄舉於下：

（一）段玉裁的說明：「轉注建類一首，同意相受；『考』、『老』是也。學者多不解；戴先生曰，『老』下云『考』也；『考』下云『老』也；此許氏之指，爲異字同義舉例也。一其義類，所謂建類一首也。互其訓詁，所謂同意相受也。『考』、『老』適於許書同部，凡許書異部而彼此二字互相釋者視此；如『寘』窒也；『窒』塞也；『袓』裼也；『裼』袓也；之類。」

（二）王菉友的說明：「建類者，『建』立也；『類』猶人之族類也；如老部中

『耄』、『耋』、『耆』、『壽』，皆老之類，故立『老』字爲首，是曰一首。何謂相受也？『老』者考也；父爲考，尊其老也；然『考』有成義，謂老而德業就也。以老注『考』，以考注『老』，其意相成；故轉相爲注，遂爲轉注之律令矣。《說文》分部，原以別其族類，如譜系然；乃字形所拘，或與譜異，是以『虋』、『芑』皆嘉穀，而字即從艸，不得入於禾部也。『荊』、『楚』本一木，而『荊』不得入林部；『楚』不得入艸部，故同意相受，或不必建類一首矣。要而論之：轉注者，一義數字；何謂其數字也？語有輕重，地分南北。必不能比而同之，故『老』從『人』、『毛』、『七』，會意字也。『考』從『老』省，『丂』聲，形聲字也。則知轉注者，於六書中觀其會通也。」

根據上舉兩君的主張，可見轉注是用字的方法，不能和象形等四書相混；因上古時候，有語言沒有文字，而各處言語不同；後來文字發明，各根據各地的方言，製造文字，因此同一事物，而文字不同；有了轉注去會通它，使義同形不同的文字，得到一個歸納，這便是轉注的功用。

二、諸家的見解

轉注的界說，上面已經根據段、王兩君的主張斷定了。但是自從唐以來，關於轉注的異見，究竟是怎樣，不能不給讀者簡單的報告一下，以免有武斷的嫌疑；這裡因簡省篇幅起見，將各家的主張，歸納幾則，列舉於下：

（一）轉注即立部首造文字的條例。——江艮庭的主張。

（二）轉注即顛倒文字的形體。——戴侗、賈公彥的主張。

（三）轉注是合二文、三文、四文轉相注釋而成一字。——楊桓的主張。

（四）轉注和形聲相類。——又分下列數家的異見：

1.形聲是同部義不同；轉注是部同義同。——徐鍇的主張。

2.轉注即是諧聲：役他是諧聲，役己是轉注。——鄭樵的主張。

3.轉注是聲音並用。——趙宧光的主張。

4.轉注是同聲。——趙宧光的主張。

5.轉注是會意字的省聲。——曾國藩的主張。

（五）轉注是轉聲注義。——又分下列數家的異見：

1.轉聲注義。——趙古則、吳元滿、張有、楊愼的主張。

2.轉義。——賈公彥、張位的主張。

3.轉聲。——陸深、王應電、甘雨的主張。

（六）轉注和假借相類。——又分下列數家的異見：

1.同聲別義是假借；異聲別義是轉注。——張有的主張。

2.轉注即是假借；並分出因義轉注，無義轉注，因轉而轉，三例。——趙古則的主張。

3.假借借義不借音；轉注轉音而注義。——楊愼的主張。

4.轉注即引申之義。——朱駿聲、章太炎的主張。

上舉各家，以江艮庭的主張，最有勢力。他說五百四十部首，即「建類一首」；凡某之屬皆從某，即「同意相受」；字面上似乎很圓通，但轉注的功用在那裡呢？他說明「示」爲部首：從「示」偏旁，注爲「神」、「祇」等字；從「神」、「祇」，注爲「祠」、「祀」、「祭」、「祝」等字；從「祠」、「祀」、「祭」、「祝」等字，又注爲「祓」、「禧」、「福」、「祐」等字；即是轉注的條例。照這樣說，轉注即是孳乳，在六書中沒有單獨作用了。並且字非一時所造；既非一時所造，怎麼能產生這樣有統系的條例——轉注——呢？著者根據六書的功用，始終承認戴東原的主張，是妥善的解釋。

除江氏以外，其他各家，或和會意相混；或和形聲相混；或和假借相混；雖紛雜莫衷一是，卻有一個共同的錯誤。——誤會轉注是造字的方法。關於這一點，可根據許氏所舉「老」、「考」二字，簡單的駁論一下，理由略舉兩項：

（一）「考」、「老」二字，在《說文》裡互相解釋。

（二）「考」是形聲，「老」是會意。

在這兩項看來，可見轉注絕不屬於造字的條例。明白了這一點，便可明白各家錯誤的症結和轉注的眞面目。

三、轉注舉例

戴東原說：「轉相爲注，猶相互爲訓；『老』注『考』，『考』注『老』，《爾雅》有多至四十字共一義者，即轉注之法。」根據戴君的說明，轉注是沒有正例變例；關於轉注的條例，在《說文》裡，可以歸納下列四則：

（一）同聲轉注：例如「莿」，也；莿「莿」，莿也。

（二）不同聲轉注：例如「蔆」芰也；「芰」蔆也；楚謂之「芰」；秦謂之「薢茩」。

（三）隔字轉注：例如「論」議也；「議」語也；「語」論也。

（四）互見爲轉注：例如「譀」誕也；「誇」譀也；「誕」譀也；「譪」譀也。

根據上例，無論聲同或不同，凡數字共一意義的，都是轉注。轉注的例證，除《說文》外，尚有《爾雅》。郭璞說：「《爾雅》所以釋古今之異言，通方俗之殊語。」正是轉注的確解。略舉《爾雅》的例證如下：

「初」、「哉」、「首」、「基」、「肇」、「祖」、「元」、「胎」、「俶」、「落」、「權」、「輿」，始也——十二字都是「始」的意義，便用「始」字注釋。

「弘」、「廓」、「宏」、「溥」、「介」、「純」、「夏」、「幠」、「厖」、「墳」、「嘏」、「丕」、「奕」、「洪」、「誕」、「戎」、「駿」、「假」、「京」、「碩」、「濯」、「訏」、「宇」、「穹」、「壬」、「路」、「淫」、「甫」、「景」、「廢」、「壯」、「冢」、「簡」、「箌」、「昄」、「晊」、「將」、「業」、「席」——三十九字部是「大」的意義，便用「大」字注釋。

根據上例，可以證明不同部也可以轉注的。

四、轉注的功用

轉注和六書其他條例一樣，自有它的特殊的功用，不能和其他條例相混。轉注的功用，可概舉下列兩項：

（一）匯通方言：例如同是「哀」的意義：齊魯說「矜」；陳楚說「悼」；趙魏燕代說「㥄」；楚北說「憮」；秦晉或說「矜」，或說「悼」；倘使沒有「哀」字來注釋，便不能使人明白了。

（二）匯通同義異用的文字：例如「園」、「圃」本是一物，但「園」是種果的，「圃」是種菜的，（考、老即是此例。）用雖不同，義卻相通。

轉注的功用，總括說，便是匯通同義不同形的文字，歸納一個解釋。若據每個轉注的字例說，不但六書的條例不同，即意義也各有專用的。

第七章　假借釋例

一、假借概說

古人本象形、指事、會意和形聲四法，製造文字，以代替言語的作用。有一件事物，即有一個文字，本沒有什麼假借。但是宇宙間事物，沒有窮限；若必每一件事物，每一句言語，都有一個單獨的文字代替，在造字的方法上，未免要感著窮的困難。例如縣令的「令」，若不假借號令的「令」字，而另造一字，四書的方法，沒有一法可用，即使可用形聲的方法，也不能表現的十分準確適合；因此便根據「縣令是發施號令者」的概念，借號令的「令」字來代替。這便是假借的根本作用。

許叔重定義假借說：「本無其字，依聲託事。」所謂「本無其字」，便是本沒有縣令的「令」字，所謂「依聲託事」，便是依號「令」的字聲，託號「令」的字義，而製造縣令的「令」字。合聲義而假借，用字便不虞窮限了。

有人說：「有造字的假借，有用字的假借；本無其字的假借，是造字的假借；本有其字的假借，是用字的假借。許氏所說的假借，是造字的假借，和用字沒有關係，可見假借是造字的方法。」這話是不對的，假借是因為沒有造這文字，用來救濟文字的窮限，並沒有另造，仍是用字的方法，而不是造字的方法。例如《說文》「來」假借來麰字，以爲行來的「來」，便不另造行來的來字。至於本有其字的假借，《說文》裡並不是沒有；例如本有「賢」字，「臤」字下說：「古文以爲『賢』字。」便不能說，《說文》裡假借，和用字沒有關係了。

有許多學者，將假借的條例，和轉注相混；說：「聲同義不相同者，謂之假借；義相蒙者，謂之轉注。」這是因轉注的條例，沒有研究清楚的緣故。轉注和假借，條例和作用絕不相同，轉注是數字一義，匯通文字的異形同義；假借是一字數義，救濟文字的窮盡。界限很清楚。

又有人說：「假借即是『引申』。」「引申」本不是六書的條例，當然不能另立「引申」一例。謂「引申」，即是引申字義而假借的意思，和孳乳字形而成字一樣。假借的條例，概括的說，便是借另一個字，代替這一個字；條例極簡易，不必多說了。

二、假借分類

假借一例，歷來都沒有精確的分類。鄭樵分假借爲十二類，大要也不過借音、借義兩種。其他自元明以來的學者，對於假借的分類，都沒有什麼貢獻。王筠著《說文釋例》，也沒有分類。我們根據許叔重假借的定義，似當分假借爲兩例：

（一）借義。

（二）借聲。

但是，從《說文》上檢查，凡假借的字，大都是聲義相兼；例如「西」字，日在西方，鳥便棲宿；可見「西」字本有東西的意義，這種假借，可以說是正例；即本無字的假借。其他聲韻相近而意義或相合或不相合的假借，如借「雕」爲「琱」，借「妖」爲「祅」；鄭康成所謂「倉卒無其字」。隨便借用的，便是變例；即本有其字的假借。本這兩例，詳記於下。

三、假借正例

許氏假借的定義說：「本無其字，依聲託事，『令』、『長』是也。」因古人思想質樸，造字不多，聲義倘稍通的，便假借通用。舉例如下：

「令」：本爲號令的令字，假借爲縣令的令字。

「長」：本爲長久的長字，假借爲長幼的長字。

以上兩例，即許氏所舉，爲假借最純粹的。

「來」：本爲瑞麥的名詞，假借爲行來的來字。
「烏」：本爲烏鴉的烏字，假借爲烏呼的烏字。

以上兩例，《說文》注「以爲」二字——如而以爲行來之來——其實和前例相同。

「理」：本爲攻玉的理字，假借爲義理的理字。
「道」：本爲道路的道字，假借爲道德的道字。

以上兩例，許氏雖未明言，但亦當歸於本無其字之例。

中國字，一形必兼數義；有本義，有借義；所借的字，當時並沒有本字，後人也沒有造，便是假借的正例。

假借正例，有人誤爲轉注；有人說是引申；有人說是造字的假借；前節已有詳細的說明，不再贅述了。

四、假借變例

自有了假借正例以後，即本有其字的，用字者在倉卒之間，不得本字，也假借聲同義近或義不近的文字來代替，便是假借的變例。舉例於下：

「洒」：古文以爲灑掃字。

「臤」：古文以爲賢字。

以上兩例，《說文》注明「古文以爲」，即本有其字，古有假借爲用的。有人說：「這種假借字，或者古時本沒有本字；所有本字，是後人製造的，不能說是本有其字的假借。」這話固然也有理，其實不盡然，試再看下例：

「黨」：借不鮮的黨字，爲朋攩的攩字。

「專」：借六寸簿的專字，爲嫥壹的嫥字。

「省」：借省視的省字，爲減媘的媘字。

「羽」：借羽毛的羽字，爲五音的羽字。

「氣」：借饋客芻米的氣字，爲雲氣的氣字。

「私」：借禾穀的私字，爲公厶的厶字。

「蒙」：借艸名的蒙字，爲冡覆的冡字。

「兩」：借銖兩的兩字，爲三兩的兩字。

以上八例，都從古籍中舉出；或借字爲後製的字，或借字爲先製的字，可以證明「古無本字，所有本字，都是後人所製」的說法，是不的確的。

假借變例的發生，原因是古代的學問，教師用口講授，學生耳聽筆記；出於教師的口是本字，學生聽到耳裡再記出來，便成了借字；所以這種假借，本字和借字，不是雙聲，即是疊韻。略舉例如下：

（一）雙聲的：例如《周易》：「『其』子明夷」，趙賓作「荄」，「其」、「荄」雙聲。《尚書》：「『平』章百姓」，《史記》作「便」，「平」、「便」雙聲。

（二）疊韻的：例如《周易》：「『彪』蒙古」，漢碑作「包」，「彪」、「包」疊韻。《尚書》：「『方』鳩僝功」，《說文》作「旁」，「方」、「旁」疊韻。

假借變例，大都可用此兩例去求。

假借變例，似應分爲兩類：

（一）依聲託事。

（二）依聲不託事。

兩類中，（一）類很少，（二）類很多；所謂「依聲不託事」，即義不相合，而聲必相通的意思。我們明白了雙聲疊韻的原則，便可明白假借的變例；即讀中國古書，也可減省許多困難。（例如讀《尚書》的「光被四表」，便知道「光」是「橫」的假借字。）假借一例，在中國文字中，是關係很大的。

下編　研究書目

下編　研究書目

第一章　《說文》

一、關於許氏《說文》

研究文字學，多以許氏《說文》爲主。許氏《說文》原本，被唐李陽冰所亂，久已不可得見；即李陽冰改本，亦早已佚失；今《說文解字》傳本最古者，只有下列二書：

（一）《說文解字》三十卷　徐鉉著，按今世通行大徐《說文》，孫星衍校刊本最佳；次淮南書局翻汲古閣第四次本尚可；商務印書館影印藤花榭本，錯誤太多，必不可用。

（二）《說文解字繫傳》四十卷　徐鍇著。按今世通行小徐《說文》，江蘇書局祁刻本爲佳；因祁據顧千里校宋抄本，及汪士鍾所藏宋殘本付刊；又經過李申耆、承培元、苗仙簏三人的手校。龍威秘書本，據乾隆時汪啓淑刊本，訛臆錯亂，一無足觀，惟附錄一卷，足資參考。

徐鉉、徐鍇，世稱爲大徐小徐，宋揚州廣陵人。二徐著作，爲研究文字學必讀的書。二書比較，鉉比鍇精；諧聲讀若的字，鍇較鉉多。學者可由鍇書，求形聲相生，音義相轉的原則。小徐書現在所存，是宋張次立更定的；小徐眞面目，僅見於黃公紹《韻會舉要》，讀小徐書的，須和《韻會》校讀。

（注：鈕樹玉《說文校錄》，已本《韻會》校正。）

二、關於二徐《說文》的校訂

（一）《汲古閣說文訂》一卷 段玉裁著。書成於嘉慶二年；自序說：「今合始一終亥四宋本，及宋刊明刊五音韻譜，及集韻類篇稱引鉉本者，以校毛氏節次剜改之鉉本，詳記其駁異之處，所以存鉉本之眞面目，使學者家有眞鉉本而已。」按是書附刊段注《說文》後。

（二）《汲古閣說文解字校記》一卷 張行孚著。書成於光緒七年；自序說：「汲古閣《說文》，有未改已改兩本；乾嘉諸老，皆稱未改本爲勝，而未改本傳世絕少；洪琴西從荊塘義學，假得毛斧季第四次所校樣本，摹刊於淮南書局，行孚取已改本，互校異同，匯而錄之。」按是書附刊淮南書局大徐《說文》後。

（三）《說文校錄》三十卷 嚴可均姚文田同著。書成於嘉慶丙寅；自序說：「《說文》未明，無以治經；由宋迄今，僅存二徐本，而鉉本尤盛行，謬譌百出，學者何所依準？余肆力十年，始爲此校議；姚氏之說，亦在其中。凡所舉三千四百四十條，皆援古書，注明出處，疑者缺之，不敢謂盡復許氏之舊；以視鉉本，居然改觀矣。」按是書歸安姚氏刊本。

（四）《說文解字校錄》三十卷　鈕樹玉著。書成於嘉慶十年；自序說：「毛氏之失，宋本及《五音韻譜》、《集韻》、《類篇》，足以正之。大徐之失，《繫傳》、《韻會舉要》，足以正之。至少溫之失，可以糾正者，唯《玉篇》最古，因取《玉篇》爲主，旁及諸書所列，悉錄其異，互相參考。」又說：「《韻會》採元本，其引《說文》多與《繫傳》合，故備錄以正《繫傳》之譌。」按是書江蘇書局刊本。

段氏張氏所訂正的，在於復徐氏之書；嚴氏鈕氏所訂正者，在於復許氏之舊。鈕氏以許書之亂，由於陽冰；《玉篇》成於梁大同九年，在陽冰之前，故可以訂正陽冰之失。要之，這四種訂正書，都可爲讀二徐書的參考。

小徐書雖說勝於大徐，但各有長短，各有異同。關於箋異二徐書的，有下舉田氏的著作：

（五）《說文二徐箋異》二卷　田吳炤著。書成於光緒丙申；自序說：「二徐異從，各有所本，亦各有所見；諸書所引，或合大徐，或合小徐；不必據此疑彼，據彼疑此；亦不必過信他書，反疑本書。……段氏若膺曰，二徐異處，當臚列之，以俟考訂；用師其意，精心校勘；凡二徐異處……類皆先舉其文，考之群書，實事求是，便下己意，以爲識別。」按是書影印手寫本。

以上諸書，學者參校閱讀，關於許書的眞本，二徐的得失，當可知其大概。至於徐書說而未詳的，清代學者，都考訂疏證過，下列許氏所編的書，可資參考。

（六）《說文徐氏未詳說》一卷　許溎祥編。書成於光緒十四年；最錄何焯、吳夌雲、惠棟、錢大昕、錢大昭、錢坫、孔廣森、陳詩庭、段玉裁、桂馥、王念孫、王煦、王紹蘭、王筠、鈕樹玉、姚文田、嚴可均、徐承慶、苗夔、鄭珍、朱駿聲、朱士端、李枝青、許棫、張行孚等二十五家訂徐的論著，編爲一卷，極便學者。

三、關於《說文》注解

（一）《說文解字注》三十卷　段玉裁著。此書注解，始於乾隆庚子，先編長編，再簡練成注，刻於嘉慶乙亥，前後凡三十六年，用力的勤謹，可以想見。但成書時年已七十，不能親自改正失誤和校讎，不免有錯誤處。是書原刻本不容易找，通行的有湖北崇文書局本。

《說文》的注解，段氏的著作最精博；雖刪改的地方，不免武斷，但據莫芝友所得唐寫本《說文》木部，和今本異同處很多；與段注相校，凡經過段氏刪改的，或多相合；可見段氏的刪改，必經幾番審愼，不是輕心任意的。

段氏書於六書條例，很多發明；對於考證上，博引精審，讀者每易忽略，這裡略本馬壽齡的發現，舉例於下：

1.辨別誤字；2.辨別訛音；3.辨別通用字；4.辨別說文所無字；5.辨別俗字；6.辨別假借字；7.辨別引經異字；8.辨別異解字。

（二）《說文義證》五十卷　桂未谷著。靈石楊氏連雲簃校刻，刻後未大通行，其家書版，都入質庫，世少傳本。同治九年，張之洞復刻於湖北崇文書局。

桂氏書和段氏不同，段氏猝於改刪，近於主觀；桂氏僅臚列古書，不下己意，近於客觀，兩書都有相當價值。桂氏書較難讀，因其臚列古書，近於類書；其實桂書自有條例，須學者自求；王菉友舉出兩例：1.前說未盡，則以後說補苴之；2.前說有誤，則以後說辨正之。——至於書中所引據的，泛及詞藻，亦須辨別。

（三）《說文句讀》三十卷　王菉友著。書成於道光庚戌；第三十卷裡，附錄蔣和編的《說文部首表》；嚴可均編的《許君事跡考》和《說文校義通論》；並節錄毛氏桂氏之說，和小徐繫述，大徐校定《說文》序，進《說文》表等。按是書有山東刊本；通行的，四川尊經書局刊本。

王氏書隱合訂正段的意思，但非專爲訂段而作。自序說：「余輯是書，別有注意之端，與段氏不盡同者凡五事。」列舉於下：

1.刪篆；2.一貫；3.反經；4.正雅；5.特識。

（四）《說文解字斠詮》十四卷　錢坫著。此書篆文，錢氏自寫上版，最爲精愼；

但原刻不容易得；通行的光緒間淮南書局重刊。

錢氏此書，雖與嚴氏《說文校議》，鈕氏《說文解字校錄》，性質相同；但範圍較廣，不屬於二徐附庸。書例有八：

1.斠毛斧扆刊本之誤；2.斠宋本徐鉉官本之誤；3.斠徐鍇繫傳本之誤；4.斠唐以前本之誤；5.詮許氏之字，只應作此解，不應以傍解仍用，而使正義反晦；6.詮許氏之讀如此，而後人誤讀；遂使誤讀通行，而本音反晦；7.詮經傳只一字，而許氏有數字；8.詮經傳則數字，而許氏只一字。

前四例是「斠」，與嚴氏鈕氏的著作，性質相同；後四例是「詮」，範圍加廣。此例尚有兩特點：1.引今語今物以爲證驗；2.明古今遞變之字。

四、關於段注《說文》的糾正

段注《說文》，雖公認是精博的佳作；但反對段氏的論著，亦應參讀，以免爲一家的學說所囿。

（一）《說文解字段注匡謬》八卷　徐承慶著。咫進齋刊本。

此書匡段氏繆處，有十五則：

1.便辭巧說，破壞形體之繆；2.臆決專輒，詭更正文之繆；3.依他書改本書之繆；4.以他書亂本書之繆；5.以臆說爲得理之繆；6.擅改古書，以成曲說之繆；7.創爲異說，誣視罔聽之繆；8.敢爲高論，輕侮道術之繆；9.似是而非之謬；10.不知闕疑之繆；11.信所不當信之繆；12.疑所不必疑之繆；13.自相矛盾之繆；14.檢閱粗疏之繆；15.乖於體例之繆。

徐氏書，據著者考查，有是有非，全書對於段著的糾正怎樣，學者可由研究的結果得之。

（二）《段氏說文注訂》八卷　鈕樹玉著。書成於道光癸未；樹玉是錢竹汀的學生，曾用《玉篇》校《說文》，此書亦多本《玉篇》，論辨態度，較徐氏平靜。按是書碧螺山館刊本；通行的，湖北崇文書局刊本。

鈕氏訂段處，有六例：

1.許書解字，大都本諸經籍之最先者，段氏自立條例，以爲必用本字；2.古無韻書，段氏創十七部，以繩九千餘文；3.六書轉注，本在同部，故云建類一首，段氏以爲諸字音恉略同，義可互受；4.凡引證之文，當同本文，段氏或別易一字，以爲引經會意；5.字者孳乳浸多，段氏以音義相同，及諸書失引者，輒疑爲淺人所增；6.陸氏《釋文》，孔氏《正義》，所引《說文》多誤，《韻會》雖本《繫傳》，而自有增改，段氏則一一篤信。

鈕氏此書，亦有是有非，讀者可研究而求之。

（三）《說文段注補訂》十四卷　王紹蘭著。書著於嘉慶時，世人不知；光緒十四年胡熽棻始求得刻之。前有李鴻章、潘祖蔭序；後有熽棻自跋。今胡刻本不容易找，近劉翰怡有刻本，自跋說：「此稿海寧許子頌所藏，擬編入許學叢刻者，今贈承幹刻之；然視胡刻本略少二分之一，非完本也。」

王氏此書，有二例：1.訂；2.補。訂者訂正段氏的錯誤；補者補段氏的忽略，較徐氏、鈕氏的書，更爲豐富，持論亦較平實。此外有馮桂芬的《段注說文考正》，著者未曾見過。下列筆記數種，可資參考：

（四）《說文段注札記》　龔自珍著。

（五）《說文段注札記》　徐松著。上列札記兩種，都未曾成書；湘潭劉肇偶編校。劉序說：「光緒丁酉冬，館何氏，長孺世兄，出其《說文》段注，前有大興徐氏藏圖籍印；星伯校讀印；徐錄龔說於上方，自識者以松按別之。書中龔校，有記段口授與成書異者；有申明段所未詳者；亦是竭數日之力，條而鈔之：凡有松按，別爲一紙。」按，二札記觀古堂匯刊本。

（六）《說文段注鈔及補鈔》　桂馥著。是書湘潭劉肇偶校錄；葉德輝說：「《說文段注鈔》一冊，又《補鈔》一冊，爲桂未谷先生手抄眞跡，各條下間加按語，有糾正段注之處，亦有引申段注之處。」按，是書觀古堂匯刊本。

（七）《讀段注說文札記》　鄒伯奇著。此札記亦未成書；鄒自寫書首說：「段氏注《說文》數十年，隨時修改，未經點勘，其說遂多不能畫一；茲隨記數條以見一斑。」按，此札記鄒徵君存稿本。

以上四書，雖未曾成卷帙，但很多精粹的論述；龔氏之學，出於段氏，並且親承口授。桂氏《說文》學很深，所記有獨得之處。鄒氏以段校段，確能指出段氏不能畫一的弊病。——下列馬氏書，亦可爲讀段注的門徑。

（八）《說文段注撰要》九卷　馬壽齡著。書成於同治甲戌；將段注摘要分類錄之，頗便初學。按，此書家刊本。

五、關於六書條例的解釋

（一）《六書略》五卷　鄭樵著。書在《通志》內。

此書不以許書爲根據；許書總計九千三百五十三字，此書收二萬四千二百三十五字，超過許書兩倍有餘，所釋六書條例，亦與許書不合，並且列舉字例，很多出入。

（二）《六書統》三十卷　楊桓著。書不易找，近世無翻刻本。

楊氏此書，變亂古文，很多穿鑿附會；所釋六書條例，較鄭氏更爲違背六書的眞旨。

（三）《說文釋例》二十卷　王筠著。此書目錄：卷一六書總說、指事；卷二象形；卷三形聲、亦聲、省聲、一全一省、兩借、以雙聲字爲聲、一字數音；卷四形聲之失、會意、轉注；卷五假借、彣飾、籀文好重疊、或體、俗體；卷六同部重文；卷七異部重文；卷八分別文、累增字、疊文同異、體同意義異、互從；卷九展轉相從、母從子、《說文》與經曲互易字，列文次第、列文變例；卷十說解正例，說解變例，一曰；卷十一非字者不出於解說，同意、闕、讀直指、讀若本義、讀同；卷十二讀若引諺、讀聲同字、雙聲疊韻、脫文、衍文；卷十三誤字、補篆；卷十四刪篆、移篆、改篆、觀文、糾徐、鈔存；卷十五以下存疑。按，此書有四川山東兩刊本，上海有石印本。

王氏此書，解釋六書條例，確得許氏之旨，研究《說文》學的，可以此書爲門徑。

（四）《說文發疑》六卷　張行孚著。此書目錄：卷一六書次第：指事、轉注、假借；卷二《說文》讀若例，《說文》或體不可廢；卷三小篆多古籀文，古文一字數用，同部異部重文中有古今文，《說文》與經典不同字，《說文》與經典相同之義見於他字解說中，《說文》解說不可過深求，《說文》解說中字通用假借，字音每象物聲；卷四《說文》逸字；卷五《說文》逸字識誤，唐人引《說文》例；卷六釋字。是書光緒十年刻。

張氏此書，很有創見；例如說「小篆多古籀」，現在以甲文、金文證明，足徵不謬。其他如讀若舉例，唐人引《說文》舉例等例，極能會萃群書，得其條例。

（五）《六書古微》十卷　葉德輝著。此書目錄：卷一指事；卷二象形；卷三形聲；卷四會意；卷五轉注；卷六假借；卷七《說文》各部重見字及有部無屬從字例；卷八《說文解字》闕義釋例；卷九卷十釋字，六書假借即本字說。按，是書觀古堂刊本。

葉氏此書，發明雖微，但以本書證本書、佐證經、史和周、秦、兩漢諸子之書，頗爲徵實。葉氏學問，祖述王念孫父子及阮元，不滿意戴震、段玉裁，故其著書的旨趣如是。

（六）《六書說》　江艮庭著。《益雅堂叢書》本。

江氏六書中重要的主張是：「象形、會意、諧聲，三者是其正；指事、轉注、假借，三者是其貳。指事統於形，假借統於聲。」此說極不明晰。又江氏關於轉注的主張，中篇裡已有敘述，這裡不再贅述。

（七）《說文淺說》　鄭知同著。《益雅堂叢書》本。

鄭氏六書分類，已在中篇舉引。鄭氏以爲增加偏旁，是轉注的條例，和江氏又不同。

（八）《轉注古義考》　曹仁虎著。此書《許學叢書》本；《益雅堂叢書》本；《藝海珠塵》本。

曹氏說明轉注說：「謂建類一首，則必其字部之相同，而字部異者非轉注；同意相受，則必其字義之相合，而字義殊者非轉注。」此書雖不可視爲定論，但備錄諸家轉注的說明而逐條論辨，足資參考。

六、關於《說文》書例的研究

（一）《說文釋例》二十卷　見前。

（二）《說文發疑》六卷　見前。

（三）《說文舉例》　陳瑑著。《許學叢書》本。此書本錢大昕《養新錄》所舉：1.說文有舉一反三之例；2.有連上篆句讀之例兩項，更擴充列舉；3.有以形爲聲之例；4.有讀若之字，或取轉聲之例；5.有稱經不顯著聲名之例；6.有稱取經師說之例；7.有所有異文皆經典正文之例；8.有分部兼形聲會意之例；9.有分部非某之屬，雖從某而分歸諸部之例；10.有分部不以省文之例；11.有兩部並收，文異義同諸例；12.有用緯書說之例。

此書舉例雖多，未免繁瑣，不足比擬錢氏。

（四）《說文義例》　王宗誠著。《昭代叢書》本。

此書沒有什麼發明，不過貫穿諸家的論述。後附王紹蘭《小學字解》一篇。

（五）《說文釋例》二卷　江子蘭著。咸豐間李氏刻本。

江氏爲艮庭之子，又從師段茂堂。此書一釋字例，一釋音例；但此書似非完本。

（六）《說文五翼》八卷　王空桐著。光緒間觀海樓重刻本。

此書所謂五翼即：1.證音；2.詁義；3.拾遺；4.去複；5.檢字。證音、詁義兩項，頗有精意，其餘無甚重要。

七、關於說文學札記和簡短著作

（一）《讀說文記》十五卷　惠定宇著。是書惠氏隨手札記，未經告成；他的學生江艮庭用惠氏原本參補。《借月山房匯鈔》本。

（二）《讀說文記》十五卷　席世昌著。嘉慶年間刊，《借月山房匯鈔》本。

此書條例有四項：1.疏證許注之所難解，而他書可證明者；2.補漏他書引《說文》，而或多或少，異於今本者：又此部不備，而他部注中確可移補者；3.糾誤注文，爲後人附會竄亂，而確有可據，以證其謬訛者；又六經訛字，可據《說文》，推源而校正者；4.最取馬鄭諸儒之訓詁，與許氏不合者。——觀其條例，很可成爲一家的學問，可惜未成書就死了；同里黃廷鑒，替他連綴刪改，成就此書。席氏著書的旨趣，和惠氏相同，在於校正六經。

（三）《讀說文記》　王念孫著。《許學叢書》本。

王氏從戴東原學，通聲音文字訓詁的學術。此書雖僅三十餘條，大半可正二徐的錯誤。

（四）《讀說文雜識》　許棫著。光緒間刊本。

許氏此著，或錄他人的學說，或記自己的意見；亦有本是他人的學說，即以爲自己所有的。

（五）《讀說文記》　許槤著。《古韻閣遺著》本。

許氏此著，是爲編纂《說文解字統箋》的預備。

（六）《說文廣義》三卷　王夫之著。《船山遺書》本。

王氏此著，雖未見始一終亥的《說文》，但思想精邃，有獨到之處。

（七）《說文辨疑》一卷　顧廣圻著。《許學叢書》本；《聚學軒叢書本》；《雷氏八種》本；崇文書局本。

此書在訂正嚴可均《說文校議》的錯誤。

（八）《讀說文證疑》一卷　陳詩庭著。《許學叢書》本。

此書係引群書，解釋《說文》難解的語句。

（九）《小學說》一卷　吳夌雲著。《吳氏遺書》本。

吳氏此書，在明聲隨義轉的原則。

（十）《說文管見》三卷　胡秉虔著。《聚學軒叢書》本。

胡氏此書，以《說文》考古音說，一句數義說，分部說諸篇，很精。

（十一）《說文述誼》二卷　毛際盛著。《聚學軒叢書》本。

毛氏是錢竹汀的學生，守錢氏家法；此書只會萃群書，疏通證明，不作駁難。

（十二）《說文職墨》三卷　于鬯著。《南菁書院叢書》本。

（十三）《說文正訂》一卷　嚴可均著。《許學軒叢書》本。

（十四）《說文校定本》二卷　朱士端著。咫進齋及春雨樓叢書本。

（十五）《說文繫傳考異》一卷《附錄》一卷　汪憲著。《述史樓叢書》本。

以上四書，足爲二徐書的考訂。

（十六）《說文解字索隱》一卷《補例》一卷　張度著。《靈鶼閣叢書》本。

此書係明六書條例。

八、關於《說文》的偏旁部首

偏旁部首，即獨體的初文，或名字原。世傳倉頡造字，現在已不能證明哪幾個文是倉頡所製；元吾邱衍，清馬國翰主張《說文》五百四十部首，是倉頡的舊文；其實《說文》部首，絕非盡爲倉頡所製，不過比較可以說是初文罷了。關於《說文》五百四十部首研究的著作，較古的，有李陽冰的《說文字原》，僧夢英的《篆書偏旁》，林罕的《字原偏旁》，郭忠恕的《說文字原》，現在書皆不見，不能知其內容。

近人著作，可舉下列數種：

（一）《五經文字偏旁考》三卷　蔣騏昌著。清乾隆五十九年刊，篆文與隸書並列，並略考篆隸筆畫的變遷。

（二）《說文偏旁考》二卷　吳照著。清乾隆時刊，篆文古文隸書並列，亦略考篆隸筆畫的變遷。

（三）《說文字原韻》二卷　胡重著。清嘉慶十六年刊，取部首五百四十，依《廣韻》、《韻目》分列，並沒有注釋；僅足爲檢查部首之用。

（四）《說文提要》一卷　陳達侯著。清同治十一年刊。

（五）《說文揭原》二卷　張行孚著。清光緒間刊。

以上諸書，大概將五百四十部首，略爲注釋，或並無注釋，僅足爲初學的門徑，無甚重要。

（六）《說文建首字讀》一卷　苗夔著。清咸豐元年刊，苗氏四種本。

苗氏此書，將五百四十部首點爲句讀，句用點，韻用圈，間句韻用雙圈，隔句韻用雙點，自謂六朝五代以來，讀字錯誤，都是不知此例；但著者雖曾閱讀，不能了解他的條例。

（七）《說文部首表》　蔣和著。附刊在王氏《說文句讀》內。

蔣氏此表，用譜系的方法：有當行直系者；有跳行相系者；有平線相系者；有曲線橫系者。——表爲蔣氏所創，王筠校正，較上列各書爲善，可本此求據形系聯的形跡，但亦無甚深義。

（八）《文始》九卷　章太炎著。浙江書局《章氏叢書》本。

此書不用五百四十部舊部首，刪去不純粹的初文，存準初文五百十文，用變易、孳乳兩例，演成五六千文字，可說是創作；但其條例，不便初學，因其孳乳一例，大概以聲相通轉，不深明音韻原理的，不能讀此書。

章氏所舉準初文，尚不是純粹的文始；著者前曾約爲一百零七文，比較章氏所舉純粹些。

九、關於《說文》新補字，新附字，逸字

許氏《說文解字》，現在只存大小徐兩種傳本；大徐本流傳較廣。大徐書有新補十九文，新附四百二文。關於新補，徐氏說：「一十九《說文》闕載，注義及序例偏旁有之，今並錄於諸部。」據徐氏的條例，凡注義、序例、偏旁所有《說文》所無的，都應該補入；但是，有許多字偏旁有而《說文》正文沒有的（例如「瀏」、「劉」等字，從「劉」聲。《說文》無「劉」字），徐氏並沒有補入，可見徐氏新補的十九文，

是不完備的。徐氏解釋新附的條例：「有經典相承傳寫，及時俗要用，而《說文》不載者，承詔皆附益之，以廣篆籀之路；亦皆形聲相從，不違六書之義者。」徐書新附一例，實出於太宗的意見；但僅僅四百二文，搜集亦不完備。

段氏《說文解字注》，關於新補諸文，頗有棄取，並申述棄取理由；讀段氏書的，可自求之。

著書專論新補的，有下列二書：

（一）《說文新附考》六卷《說文續考》一卷　鈕樹玉著。清同治戊辰刊，碧螺山館校補非石居原版。

（二）《說文徐氏新補新附考證》一卷　錢大昭著。大昭為竹汀之弟，著《說文統》六十卷，其例有十：1.疏證以佐古義；2.音切以復古義；3.考異以復古本；4.辨俗以正訛字；5.通義以明互借；6.從母以明孳乳；7.別體以廣異義；8.正訛以訂刊誤；9.崇古以知古字；10.補字以免漏落。此卷即六十卷中之一；清道光間，竹汀師孫璟，以全書紛繁，先刊此卷，兵燹後版零落，光緒二十六年南陵徐氏重刊，編入《積學齋叢書》中。

以上兩書，所考十九文新補，頗有異同；例如新補「詔」字，鈕氏說：「通作召」；錢氏說：「古文詔為紹」。學者讀其全書，證以各家的意見，自能明白的。

新附諸文，段氏《說文解字注》完全刪去；其他諸家，或有附錄的。著者以為徐氏既爲附錄，不與本書相亂，不妨存之，段氏未免太嚴。

著書專論新附的，除上舉兩書外，尚有下列鄭氏書：

（三）《說文新附考》六卷　鄭珍著。清光緒重刊，益雅堂叢書本。

以上三書，各有異同，各有得失。

經典相承的字，和篆文偏旁所從的字，不見於《說文》的很多，或者說它是「逸字」。段玉裁注《說文解字》，凡偏旁有正文無的，都以爲是逸字而補之；嚴可均著《說文校議》，王筠著《說文釋例》，都有《補篆》一篇；王空桐著《說文五翼》，有《拾遺》一卷；張行孚著《說文發疑》，有《說文逸字》一篇；散見各人著作，未曾編爲專書。備錄段玉裁、嚴可均、王筠、鄭珍諸家的論述，而編纂成書的，有下列張氏書：

（四）《說文逸字考》四卷　張鳴珂著。清光緒十三年，《寒松閣集》本。

此書錄段、嚴、王、鄭、諸家之說於前，增錄《玉篇音義》於後，其書體例分爲十項：1.原逸，例如「由」、「免」等字；2.隸變，例如「嗟」、「池」等字；3.累增，例如「芙」、「蓉」等字；4.或體，例如「蘊」、「拭」等字；5.通假，例如「貽」、「喻」等字；6.沿訛，例如「吼」、「揉」等字；7.匡繆，例如「棹」、「櫂」等字；8.正俗，例如「拖」、「餠」等字；9.辨誤，例如「窯」、「鮌」等字；10.存疑，例如「雜」、「叵」等字。

或者以爲經典相承的字，《說文》不載，並不是逸字；《說文》自有此字當之。錢大昕、陳壽祺，都以經典相承的俗字，在《說文》中求本字（錢、陳著作見後）；如鈕氏《說文新附考》之例，辨明《說文》的某字，即經典的某字；本此例著書的，有下列雷氏書：

（五）《說交外編》十五卷《補遺》一卷　雷浚著。清光緒間雷氏八種本。

此書有二例：1.經字，四書群經的字；2.俗字，《玉篇》、《廣韻》的字。或者以爲近世指爲《說文》逸字二百餘字，的確是許氏偶逸，或校者誤奪的，不過數字；其餘都不是逸字。下列王氏書，即本此說。

（六）《說文逸字輯說》四卷　王延鼎著。清光緒十五年紫薇華館刊本。

此書在辨明各家對於逸字主張的錯誤；全書分二例：1.辨明從某聲之字，《說文》所無者，非逸字；2.辨明「說解」中所有正篆所無者，非逸字。

此外有鄭珍著《說文逸字》一書，著者架上未有，故未列入。

十、關於《說文》引經

《說文》九千三百五十三文，不見於經典的很多；錢大昕主張《說文》的文字，都是經典中通行的文字；即現在經典中有，而《說文》中沒有的，《說文》必有一字當之。著《說文答問》，說明此例。陳壽祺著《說文經字考》補錢氏的不及。又有承培元本錢氏書例，著《廣說文答問疏證舉例》，除群經外，兼及《莊子》、《淮南子》、《國語》、《國策》、《史記》、《漢書》等書。——錢氏書有薛傳均疏證，極通行。陳氏書在其《左海集》中。上舉三書，倘合編之，則經典和《說文》通假的字，便便利檢查了。此外類此的著作，有下舉五種：

（一）《說文解字通正》十四卷　潘奕雋著。此書成於清乾隆四十六年；劉氏《聚學軒叢書》本，《許學叢書》內《說文蠡箋》即此書。書例分別正義，通義；正讀，通讀：足輔助讀六經諸史。

（二）《說文解字群經正字》二十八卷　邵桐南著。書成於清嘉慶十七年，流傳很少；吳興陸氏十萬卷樓有藏本；後歸日本島田彥楨，荊州田氏又從島田處得之；辛亥武昌之役，田氏藏書散失，展轉入於邵氏後裔啓賢手，民國六年據原本影印。此書凡偏旁、點畫的錯誤，都考之《說文》，一一標識，很便檢查。

（三）《易書詩禮四經正字考》四卷　鍾璘圖著。吳興劉氏刊本。

鍾氏以爲群經的文字，多從隸變，因據《說文》本字，著《十三經正字考》，全書散佚，今僅存《易》、《書》、《詩》、《周禮》四經。書略本錢氏《說文答問》的體例，並取《爾雅》、《釋文》諸書，以疏證之。

（四）《說文辨字正俗》四卷　李富孫著。書成於清嘉慶二十一年；校經廎刊本。

李氏以爲世俗相承的文字，多違背古義，學者都說是假借；其實《說文》自有本字，有得通借的，有不得通借的，著此書據經典以證明之。

（五）《經典通用考》十四卷　嚴章福著。書成於清咸豐年間，吳興劉氏刊本。此書以十三經假借字，依《說文》部次，而以正字別之。

合以上諸書觀之，1.可明隸變的失誤；2.可通假借的形跡。隸變的失誤，於文字學關係很淺；假借的形跡，則爲研究文字學者所不可不知的事。大概經典相承，大多用假借；如不知本字，即不能通曉借字。段玉裁、朱駿聲的著作，於假借都很注意；朱氏每於借字尋得本字，不過拘於同部，條例太狹。學者求假借的證據於上列各書中，再致力於章太炎所著《文始》和《小學答問》，明雙聲相借的條例，旁轉對轉的原則，對於假借，當可以明白了。

（六）《文始》　見前。

（七）《小學答問》　章太炎著。《章氏叢書》本，浙江書局刊。

兩漢經學，分今文古文兩派；兩派注經，文字不同的很多，即同屬一派，文字亦多錯出，這是因口授筆記的緣故。許叔重著《說文解字》，引經九百六十五條，大半與今日通行經典文字不同；或者以爲傳寫謬誤，應據《說文》所引，以爲訂正；不知《說文》經典異同之處，傳寫謬誤固亦常有，學派與授別的不同，實爲多數，許氏雖從事古文，稱引不廢今文；於是治文字學者，對於《說文》的引經，爲異同之研究的，有下列四種著作：

（八）《說文引經考》二卷　吳玉搢著。書成於清乾隆元年；今通行者咫進齋叢書本及光緒間重刊本。

此書取《說文》所引經字，與今本較有異同：1.與今本異而實同者；2.可與今本並行不悖；3.今本顯失，不能不據《說文》以正其誤者，都一一標出。雖不盡當，大致尚可觀。

（九）《說文引經考異》十六卷　柳榮宗著。書成於清咸豐五年。

此書取《說文》所引經字，究今古文的區別；明通假的形跡，凡許書所引《尚書》異字，段氏訂爲古文者，柳氏訂爲今文。諸經文異者，由聲義求之，較吳書爲精。

（十）《說文經典異字釋》一卷　高翔麟著。書成於清道光十五年，光緒刊本。

此書陋略不足觀。

以下兩書，在發明許氏引經的條例。

（十一）《說文引經例辨》三卷　雷深之著。書成於清光緒間，《雷氏八種》本。

陳瑑著《說文引經考》八卷（此書著者未見），雷深之駁之，指出其病端六項：1.不知《說文》引經之例，而以爲皆《說文》本義；2.不知正假古今正俗之異，一切以爲古今字；3.不明假借；4.置《說文》本義不論，泛引他書之引申假借義，以爲某字本有某義；5.於義之不可通者，曲說以通之；6.稱引繁而無法，檢原書多不合。

——雷氏即駁陳氏之書，即自著此書，發明許氏引經的條例凡三項：1.本義所引之經，與其字之義相發明者；2.假借所引之經，與其字之義不相蒙者；3.會意所引之經，與其字之義不相蒙，而與從某某聲相蒙者。

（十二）《說文引經證例》二十四卷　承培元著。書成於清光緒間，在雷書之後；今通行的，廣雅書局刊本。

此書較雷氏書精密，舉《說文》之例十七：1.今文；2.古文；3.異文；4.證字；5.證聲；6.證假借作某義；7.證偏旁從某義；8.證本訓外一義；9.稱經說而不引經文；10.用經訓而不著經名；11.檃括經文而並其句；12.刪節經文而省字；13.引一經以證數字；14.引兩經以證一字；15.引《毖緯》稱《周禮》；16.引《大傳》稱《周書》；17.引《左氏傳》稱《國語》。

（十三）《漢書引經異文錄證》六卷　繆佑孫著。清光緒刊本。

此書雖與《說文》引經無關，亦可參考。

第二章　形體辨正

自從篆變爲隸，又變爲草書眞書，向壁虛造的文字漸多，魏晉以後，到南北朝，俗書僞體的文字更多，以致經典文字，無從究詰。例如「辭」、「亂」從「舌」，「惡」上從「西」，「蜀」爲「苟」身，「陳」爲「東」體等，不一而足。因此專辨正形體錯誤的，有下列各書：

（一）《干祿字書》一卷　顏元孫著。《小學匯函》據石刻本。

此書根據義理，辨正體畫，由元孫侄眞卿書寫。

（二）《分毫字樣》　失名　附《玉篇》後。專辨體近義異的文字。

（三）《五經文字》三卷　張參著。《小學匯函》據唐石刻本，用馬氏本補。

此書根據《說文》、《字林》、《石經》而著；凡一百六十部，三千二百三十五字。

（四）《九經字樣》一卷　唐玄度著。《小學匯函》據石刻本，用馬氏本補。

唐氏以五經文字，傳寫歲久，或失舊規，因改正五經文字又加擴充，而成此書，凡七十六部，四百二十一字。

以上諸書，都是唐人著作；唐以後的關於此類的書，據著者所見過的，有下列七種；

（五）《佩觿》三卷　郭忠恕著。《澤存堂叢書》本；又《鐵華館叢書》本。

此書上卷論形聲訛變的原因，分為三科：1.造字；2.四聲；3.傳寫。中下兩卷，將字畫疑似的，以四聲分十段：1.平聲自相對；例如「楊」為楊柳，「揚」為揚舉。（以下大致如此，不必多舉。）2.平聲上聲相對；3.平聲去聲相對；4.平聲入聲相對；5.上聲自相對；6.上聲去聲相對；7.上聲入聲相對；8.去聲自相對；9.去聲入聲相對；10.入聲自相對。——末附篇韻音義異的十五字。又附辨證舛誤的一百十九字。是他人所加的。但郭氏原書中，亦有俗字，當分別觀之。

（六）《字鑒》五卷　李文仲著。《澤存堂叢書》本，又《鐵華館叢書》本。

此書係更正其叔李伯英所著《類音》而成；依二百六十部韻目分列，如辨「覇」不從西，「臥」不從卜，「豊」、「豐」的區別，「鍾」、「鐘」的不同等，亦尚可觀。

（七）《復古編》三卷　張有著。淮南書局翻刻本。

此書根據《說文解字》，辨別俗體的錯誤；用四聲分隸諸字，正體用篆書，別體俗體，附載注中。如：「『玒』玉也，從玉工；別作『珙』，非。」後辨六篇：1.聯綿；2.形聲相類；3.形相類；4.聲相類；5.筆跡小異；6.上正下訛。——此書雖剖析至精，但所據《說文》，是徐氏校定本，凡新附的字，都認為正字，錯誤甚多，讀此書的，須用他書參考。

（八）《續復古編》四卷　曹本著。歸安姚景元鈔刊。

此書係擴充張有書而著，收四千餘字。於張氏的條例外，加兩例：1.字同音異；2.音同字異——此書收字雖較張氏多，但條例未必精密於張氏，如音同字異一類，所收都是重文，字並不異的。

（九）《六書正譌》五卷　周伯琦著。明翻刻本。

此書以禮部韻略，分隸諸字；以小篆爲主，先注製字的意義，而以隸作某，俗作某辨別於下；亦有牽強的地方，論者以爲不如張有的《復古編》。

（十）《說文證異》五卷　張式曾著。稿本，有吳大澂序。

此書係推廣周氏書而作。書例有二：1.異義正誤；2.異體並用。

（十一）《字學舉隅》二卷　趙曾望著。民國三年影印手寫本。

此書分八例：1.洗謬；2.捨新；3.補偏；4.劈溷；5.觀通；6.審變；7.明微；8.談屑。——無甚精義。

（十二）《篆訣》不分卷　甘受相著。清嘉慶刊本。此書沒有什麼價值。

以上各書，於文字學上沒有重要的價值；即正俗的辨別，亦未能盡合。如能整理一遍，刪去錯誤和重複，合成一書，對於學者很有益的。

第三章　古籀與小篆

許叔重《說文解字》自敘說：「重文一千一百六十三。（按今覆毛初印本，與孫鮑二本，都是一千二百八十；毛扆改本，一千二百七十九。）重文即古文、籀文、或體三種。或體這裡不講；古文、籀文，以今日出土的金文證之，多不符合，因此發生研究的問題。（參看上篇第六章，這裡不贅述。）

（一）《說文本經答問》二卷　鄭知同著。廣雅書局刊本。

此書專爲駁段玉裁論古籀而作。段氏論古籀說：「小篆因古篆而不變者多有；其有小篆已改古籀，古籀異於小篆者，則以古籀附篆之後，曰：『古文作某』、『籀文作某』，此全書之通例也。其變例則先古籀後小篆。」又說：「許書法後王，遵漢制，以小篆爲質，而兼錄古文籀文。所謂：今敘篆文，合以古籀也。小篆之於古籀，或仍之；或省改之。仍者十之八九；省改者十之一二。仍則小篆皆古籀也，故不更出古籀。改則古籀非小篆，故更出之。」——鄭氏駁段氏這段話的理由，可舉下列數項：1.《說文》敘：「今敘篆文，合以古籀。」今欲識許君之書，當先辯「篆」與「合」字。2.「篆」，《說文》解爲「引書」，是引筆而書的意思，意在申明不用漢世隸法作書；不是秦小篆的字體。3.「合」是相合不背的意思；合籀即是字體不背古籀，意在申明不雜取漢世俗書羼入；不是說「立小篆爲主，會合古籀出之」的意思。著者按，張懷瓘《書斷》：「史籀十五篇，史官製之，用以教授，謂之史書，凡九千字。秦焚書，惟易與史篇得全；許愼《說文》十五卷，九千餘字，適與此合；故先民以爲愼即取此說其文義。」又吾邱衍《學古篇》說：「蒼頡十五篇，即《說文》目錄五百四十字。」鄭氏的主張，略本於此；不過說「篆」是筆法書寫，略不同。——著者以爲段氏的主張，精密通達，絕不是鄭氏足以駁難的。

（二）《史籀篇疏證》一卷　王國維著。《廣倉叢書》本。

（三）《史籀篇敘論》一卷　同上。

（四）《漢代古文考》一卷　同上。

王氏對於古籀的主張，可參看上篇第六章。

第四章　金文

金文或名鐘鼎文，文字皆古籀之餘；所以關於金文的著作，大都可作古籀的參考。

（一）《鐘鼎款識》　薛尚功著。有石印通行本。

（二）《嘯堂集古錄》　王俅著。商務印書館影印《續古逸叢書》本。

（三）《金石索》　石印通行本。

（四）《西清古鑑》　有石印通行本。

（五）《恆軒吉金錄》　清光緒十一年印本。

（六）《匋齋吉金錄》　有影印本。

（七）《愙齋集古錄》　商務印書館影印本。

（八）《殷文存》　廣倉學宭影印本。

（九）《周金文存》　廣倉學宭影印本。

以上三種影印本，極可貴；但其中不無眞僞的混雜，須分別觀之。

（十）《積古齋鐘鼎款識》　阮元著，有石印通行本。

（十一）《古籀拾遺》　孫詒讓著。清光緒時刊本。

以上諸書，研究文字學者，雖不能盡備，亦當選買兩三種。——（七）、（十）、（十一）三種最佳。

第五章　《說文》中古籀

古籀之學，有一個問題足供研究的，即金文之古籀，與《說文》之古籀，不很符合。論者以爲鐘鼎之古籀，是成周的文字；《說文》的古文，是晚周文字，此說是否確定，尚待研究。《說文》之古籀，與新出土之三體石經，符合的很多。石經中之古文，多收於《汗簡》，《汗簡》一書，學者多疑爲不眞；三體石經出土，可以證明《汗簡》自有相當的價値。《汗簡》係郭忠恕編，所引古文，凡七十一家；此七十一家之書，存於現在的，不及二十分之一；所引石經既不誤，其他諸家，當然在可信之列。經鄭知同箋正，書更可讀。

（一）《汗簡箋正》八卷　郭忠恕編，鄭知同箋正。廣雅書局刊本。

（二）《六書分類》十三卷　傅世垚著。清康熙時刊，近有石印通行本。

此書以眞書筆畫的多寡分部，先列眞書；次列小篆；次列古文。古文的搜輯，多而且雜，但查檢很便。

（三）《同文備考》八卷　王應電著。明刊本。

此書不足重。

（四）《說文古籀補》十四卷《附錄》一卷　吳大澂著，清光緒戊戌湖南重刊本佳，石印行者，據初刊本，比重刊本少一千二百餘字。

此書選錄最審慎，因吳氏藏拓本極多，見識廣，辨別自審。

（五）《說文古籀疏證》六卷　莊述祖著。蘇州潘氏刊本。

此書別有條例，且係未成之書，顛倒凌亂，在所不免。

（六）《文源》十二卷　林義光著。民國九年影印手寫本。

此書以象形，指事、會意、形聲說古文，可謂創作，但師心自用的地方很多。

（七）《名原》二卷　孫詒讓著。清光緒刊本。

此書分目有七：1.原始數名；2.古章原篆；3.象形原始；4.古籀撰異；5.轉注楬櫫；6.奇字發微；7.說文補缺。

（八）《字說》一卷　吳大澂著。有石印通行本。

此書雖寥寥數篇，極有精意。

第六章　甲骨文字

甲骨文字的說明，參看上篇第六章。

（一）《鐵雲藏龜》　劉鶚著。清光緒影印本。

（二）《殷虛書契前編》八卷　羅振玉著。羅氏日本影印本極精。

（三）《殷虛書契後編》二卷　羅振玉著。厲倉學宭影印本極精。

（四）《殷虛書契精華》　羅振玉著。羅氏日本影印本極精。

（五）《戩壽堂所藏殷虛文字》　廣倉學宭影印本。

以上諸書，專拓印甲骨文字。根據甲骨文字考證研究的，有下列諸書：

（六）《殷商貞卜文字考》一卷　羅振玉著。玉簡齋印本。

此書分四篇：1.考史；2.正名；3.卜法；4.餘說。考史、卜法、餘說，與文字學無關，不必列舉。正名一篇分四項：(1)知史籀大篆即古文，非別有創改；(2)知古象形文字，第肖物形，不必拘拘於筆畫繁簡異同；(3)可以古金文相發明；(4)可糾正許書之違失。

（七）《殷虛書契考釋》　羅振玉著。羅氏日本影印手寫本。（王國維手寫）

此書分八篇：1.都邑；2.帝王；3.人名；4.地名；5.文字；6.卜辭；7.禮制；8.

卜法。文字一篇分三項：(1)形義聲悉可知者，約五百字（重文不計）；(2)形義可知而聲不可知者，約五十餘字；(3)聲義胥不可知，而見於古金文者，約二十餘字。

（八）《殷虛書契待問篇》　羅振玉著。羅氏日本影印手寫本。

此書撮錄不可遞釋的字，得千餘，合重文共一千四百餘。

（九）《戩壽堂所藏殷虛文字考釋》　王國維著。王氏影印手寫本。

此書亦頗有發明。

（十）《殷契類纂》　王襄著。王氏影印手寫本。

此書最錄可識的文字八百七十三，重文二千一百十；凡二千九百八十三爲「正編」，難確識的文字凡一千八百五十二爲「存疑」，不能收入存疑的字，凡一百四十二爲「待參」，合文二百四十三爲「附篇」。此書雖少發明，但查檢很便。

此外可供參考的，有下列諸書：

（十一）《藏龜之餘》　羅振玉著。日本印。

（十二）《龜甲獸骨文字》二卷　日人林泰輔編。商周遺文會印。

（十三）《簠室殷契徵文》二卷　王襄著。民國十四年印。

（十四）《簠室殷契徵文考釋》　王襄著。民國十四年印。

（十五）《契文舉例》二卷　孫詒讓著。吉石盦叢書本。

（十六）《鐵雲藏龜拾遺》　葉玉森著。民國十四年印。

（十七）《說契》　葉玉森著。民國十二年印。

（十八）《研契枝譚》　葉玉森著。民國十二年印。

（十九）《殷契鉤沉》　葉玉森著。民國十二年印。

（二十）《殷虛書契考釋小箋》　陳邦懷著。民國八年印。

（二一）《殷虛文字類篇》　商承祚著。民國十二年印。

第七章　隸　書

關於隸書的說明，可參看上篇第八章。

（一）《隸釋》二十六卷　洪適著。有通行本。

（二）《隸續》二十一卷　洪適著。有通行本。

漢人隸書，存於今世，碑碣多有之。其摹刻爲書的，始於宋歐陽修、趙明誠，但摩挲古物的旨趣多，研究學問的旨趣少。洪氏作《隸釋》、《隸續》、《隸纂》、《隸韻》四書，頗有益於學問；現在《隸纂》、《隸韻》二書已佚，僅此二書存在。

此二書每篇依原文字寫之，以某字爲某字，具疏其下，校刊雖精愼，檢查則不便利；究竟宜於考古家，而不宜於學問家。

（三）《隸辨》八卷　顧藹吉著。書成於清乾隆，同治間有重刊本。

此書爲解經而作。書例採摭漢碑，不備者本之漢隸字原；本《說文》辨其正、變、省、加，以四聲分類，易於檢查。注碑名於下，便於考證。又依《說文》次第，纂偏旁五百四十字，概括其樞要。又列敘諸碑名目，折中分隸之說，各爲之考證。頗便利學者。

（四）《金石文字辨異》十二卷　刑佺山著。劉氏聚學軒刊本。

此書搜集不限漢代，凡所見唐宋以前金石，和宋元刊本的《隸釋》、《隸續》等書，皆爲採取，異體極多，足供參考。以韻爲類，略同隸辨，而精深則不及。

（五）《隸通》二卷　錢慶曾著。徐氏積學齋刊本。

此書體例，已見上篇，讀者可參看。

（六）《漢碑徵經》一卷　朱百度著。廣雅書局刊本。

此書專補顧氏《隸辨》之缺，很多新得。

（七）《碑別字》五卷　羅振鑒著。食舊堂刊本。

羅氏係羅振玉兄；此書搜輯異體，無所發明。

（八）《六朝碑別字》一卷　趙之謙著。商務印書館影印手寫本。

此書無足取。

國家圖書館出版品預行編目資料

文字學入門／胡樸安著. ——初版. ——臺北市：五南，2015.05

面；　公分

ISBN 978-957-11-8104-2（平裝）

1.漢語文字學　2.中國文字

802.2　　104006679

1XDL

文字學入門

作　　者— 胡樸安

發 行 人— 楊榮川

總 編 輯— 王翠華

企劃主編— 黃文瓊

責任編輯— 吳雨潔

封面設計— 童安安

出 版 者— 五南圖書出版股份有限公司

地　　址：106台北市大安區和平東路二段339號4樓

電　　話：(02)2705-5066　　傳　　真：(02)2706-6100

網　　址：http://www.wunan.com.tw

電子郵件：wunan@wunan.com.tw

劃撥帳號：01068953

戶　　名：五南圖書出版股份有限公司

台中市駐區辦公室/台中市中區中山路6號

電　　話：(04)2223-0891　　傳　　真：(04)2223-3549

高雄市駐區辦公室/高雄市新興區中山一路290號

電　　話：(07)2358-702　　傳　　真：(07)2350-236

法律顧問　林勝安律師事務所　林勝安律師

出版日期　2015年5月初版一刷

定　　價　新臺幣250元